殘華時代

에단시조

신기욱
신명직
신정완
김진아
박진영
유영수
정기은
최민주

엮은이 신은미

도서출판 혜안

'통섭시대'를 살면서

코로나로 어려움을 겪는 이 시점에
9명의 문인들이
스스로 펜을 들어
자신의 이야기를 세상에 펼침에
깊은 감사와 격려를 보냅니다.

'통섭시대' 라는 제목은
우리가 벽을 허물고 모두를 수용하며
더 넓은 우주를 닮자는
지향성을 과시하는 것입니다.

아무쪼록 더 나은 세상과
미래를 꿈꾸는
우리들이 되었으면 합니다.

2020. 12. 29
통섭예술인 정수연 드림

'통섭시대' 차례

자한(自閒) 김기수 약력

홍익대학교 교수, 부총장
한국 복합재료학회 회장
세종시 문화재단 이사
국가과학기술심의회 위원
호서대학교 교수
쌍용양회연구소 연구실장
제3회 전국행시백일장 최우수작가상
한행문학 시인등단
스탠포드대학교 박사
서울대학교 졸업

저서 : 빛으로 시를 디자인 하다(행시집, 2019)
공저 : 행시 사랑 10인10색(행시집, 2018)

1. 씨줄과 날줄이 통섭(統攝)하는 한글 詩

한글은 누구보다도 과학을 좋아하셨고, 과학자들을 우대하셔서 천문에도 정통하셨던 세종대왕에 의해 과학과 언어의 통섭을 통해 만들어진 글입니다. 이 세상에 말을 글로 표현하기 위해 만들어진 글자 중에서 한글처럼 과학과 언어의 통섭에 의해 만들어진 글자는 없습니다.

자음은 발음기관의 형상으로 획을 가감하여 만들었고, 모음은 천지인 삼재를 표시하는 부호를 조합하여 만들었습니다. 다른 언어에는 따로 존재하지 않는 받침이라는 개념을 도입하여 자음과 모음과 받침 형태로 음절 단위의 글자로 표시하는 방법을 창안했습니다. 이렇게 복잡한 구성과 형태를 가지고 있음에도 너무 자연스럽게 소리를 표시할 수 있어서 단어의 뜻을 하나도 모르는 외국인을 포함하여 누구나 두 시간이면 배워서 읽고 쓸 수 있는 글씨입니다.

알파벳이 가지지 못하는 한글의 과학적 장점 중 하나는 가로로도 쓰고 세로로 쓸 수 있다는 것입니다. 한자는 뜻글자이고, 일본어와 한글은 음절단위로 표시하기 때문에 가로로 쓰거나 세로로 써도 가능하게 되지만 알파벳 타입의 글들은 쓰기가 곤란하지요. 그런데 이 한글에서는 다른 나라 말에서는 전혀 불가능한 씨줄과 날줄의 통섭이 가능해져서, 한글은 과학적인 구성으로 가로로 읽거나 세로로 읽어도 똑같은 글을 쓸 수가 있습니다. 세종대왕 이후 다시 도래한 통섭 시대에 언어와 과학의 통섭에 의해 만들어진 한글 시 중에, 언어 속에서는 전혀 서로 섞일 수가 없는 씨줄과 날줄의 통섭을 통해 새로운 구성을 이루고 있는 시가 있습니다. 과학적 개념을 이용해 숫자로 된 퍼즐을 맞추듯 세로로 읽어도 가로와 똑같고, 대각선 방향에는 거울 면이 존재하는 정사각형 모양의 율시인 가로세로행시를 소개합니다.

- 통섭 시대의 행시 -

ˇ ˇ ˇ ˇ ˇ ˇ
> **가** 로 세 로 **행** 시
> **로** 그 밀 고 시 **작**
> **세** 밀 한 처 음 **이**
> **로** 고 처 럼 색 **깔**
> **행** 시 음 색 깔 **끔**
> **시 작 이 깔 끔 해**

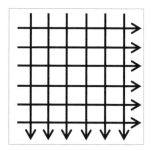

ˇ ˇ ˇ ˇ ˇ ˇ
> **상** 큼 한 행 시 **가**
> **큼** 직 한 시 가 **로**
> **한** 한 글 에 금 **세**
> **행** 시 에 또 세 **로**
> **시** 가 금 세 육 **행**
> **가 로 세 로 행 시**

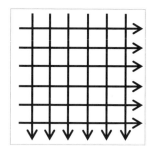

2. 빛에 대한 단상

나의 전공은 재료입니다. 재료 중에서도 빛이 그 안으로 다닐 수 있는 광 재료이죠.

공학에서도 빛이 점점 중요해져서 빛은 신호전달과 에너지 전달 뿐 아니라 디스플레이와 시각 디자인, 영상디자인, 그리고 3차원 디스플레이에도 중요한 요소로 사용이 됩니다. 따라서 요즈음 인공지능과 함께 굉장히 주목을 받는 가상현실과 증강현실 분야도 빛이 없으면 불가능한 분야이고, 센서로도 활용이 가능해서 4차산업혁명과 스마트시티 기술을 이끌고 있는 분야입니다. 그런데 재미 있는 것은 성경에 하나님께서 다른 무엇보다 빛을 가장 먼저 만들었다고 표현되어지고 있다는 점이에요.

"하나님이 가라사대 빛이 있으라 하시매 빛이 있었고 (창세기 1:3)" 라고 성경에 표현이 되고 있는데, 성경 속에서 이 세상이 만들어진 순서를 보면 빛이 가장 먼저, 그리고 빛과 어둠을 나누어 시간을 만들고, 그 다음 공간을 만드신 것으로 표현되고 있고 그 다음에 땅과 바다를 만들었고, 그 다음 해와 달과 별을 그리고 동식물을 만들고 제일 나중에 사람을 만드신 것으로 되어 있습니다.

그런데 그 유명한 아인슈타인의 상대성이론을 보면, 빛의 속도는 항상 일정하다는 가정하에 계산해 보면 시간도 늘어지거나 빨라질 수 있고, 공간도 휘어질 수 있다는 것입니다.

왜 빛의 속도가 달리는 곳에서 측정해도 서있는 곳에서 측정해도 일정한지는 모릅니다. 하지만 그 빛의 속도를 맞추기 위해서 시간이 늘어지고 공간이 휘어지는 것만은 분명한 것으로 보입니다.

성경 속에 빛이 먼저 만들어졌고 시간과 공간이 나중에 만들어졌다고 하니, 당연히 빛의 특성은 맞추기 위해 공간이 휘고 시간이 늘어지지 않겠는지요?

- 빛이 있으라 하시니 -

그림자와 빛
림보 하듯 휘어서
자신 나타내
벗인 어둠과
삼라만상을 덮어
아름답게 해

학생들과의 인문학 강의

학생들과 토론 방식에 의해 먼저 사람과 사람 간의 관계와 사람이 만들어 놓은 것에 대하여 이야기를 합니다. 세상에서 내게 가장 가까운 인간이란 존재이고 인간을 대표하는 존재는 '나'이지요. 내가 누구이고 무엇인지 알아야, 그 다음 다른 사람의 존재와 사람과 사람 사이의 약속에 의해 만들어진 법과 말과 돈에 대해 살펴보지요.

그 다음 과학적 탐구에 대하여 살펴보고, 이 과학적 탐구를 인문에 적용하면 어떤 일들이 발생할 것이고, 인간이 아닌 인간 외적인 부분에서 과학적 탐구가 현재까지 이루어 놓은 것과 거기에서 인간이 관심을 가질만한 의미를 찾는 작업도 진행할 것입니다.

- 나는 누구일까? -

난 어디까지가 나일까?
누리는 삶은 언제부터 어디까지 일까
구속하고 있는 몸은 어디서 생겨난 것일까

난 생각한다 고로 존재한다
누구인지는 몰라도 존재하는 건 확실
구구한 얘기는 별도이고 난 정말 존재해

난 어디선가에서 왔다가 어디론가 간다
누구든 원하던 원하지 않던 존재가 없어진다
구원이든 아니든 십자가를 하나씩 가지고 있다

난 누군가에 의해 계획된 피조물에 틀림없다
누군가의 설계에 의해 스스로 노화된다
구미 당기지는 않지만 겸손히 위치를 알아야

난 나를 있게 한 존재의 뜻을 알 필요가 있다
누구이든 먼저 살았던 선조들의 지혜를 배워
구약이던 신약이던 성경을 보는 것도 좋을 듯

약속으로 이어가는 삶

약속은 사람과 사람들이 만들어낸 거미줄과 같은 끈이지요. 법률도 약속이고, 언어도 약속이며, 화폐도 약속이고, 소유권도 사유재산도 모두 인간끼리의 약속입니다. 인간들이 약속들을 믿고 의지하며 살아가는 것이 거미가 거미줄 위에 사는 것과 같은 모양이지요. 심지어 우리 행시도 같은 약속 위에 시를 쓰고 있는 것이기도 하구요. 약속이 무너지면 거미가 살고 있는 거미줄이 끊어지는 것과 같지요.

거미줄이 한두 개 끊어지거나 늘어나더라도 거미는 살수 있지요. 그러나 심각하게 끊어지면 다시 다른 거미줄을 쳐야 합니다.

그런데 사람 사이의 약속은 거미줄에 불과하지만, 하나님과의 약속은 큰 동아줄이지요.

작은 거미줄 몇 개 끊어지더라도 큰 동아줄을 붙드시고, 힘내서 승리하시기 바랍니다.

오늘도 파이팅입니다.

하나님께서 원하셔서서 만들었으니
얀(yarn)과 같은 실을 뽑아내
벽에 붙어 사는 거미와 같이
이 세상에 말과 글로 실을 뽑아
너와 나 이어 살아야 하지
무지랭이 같은 삶에 의미를 주서서
싫어도 묘하게 연결되는 삶 속에서
다만 주의 뜻 확인하며 살아야 해

인간이 먹다 걸린 선악과(인간의 의사 결정권)

인간은 하나님의 허락도 없이 선악과를 따먹었습니다. 성경에는 급히 먹다가 목에 걸리기까지 한 것으로 표현되고 있지요. 선악을 판단하는 것은 하나님의 일입니다. 사람이 누가 옳고 그름을 판단할 수 있겠습니까?
하지만 선악과를 먹은 이래로 사람이 선악을 판단해 왔습니다. 옳고 그름을 정하는 법을 만들고, 집행하고 판단하고 처벌까지 해 왔습니다.

각자 개인도 그 법보다 규모가 작지만, 규율과 관습과 합리성에 따라 누구나 평가를 하고 의사 결정을 합니다. 성경에서는 우리가 선악과를 먹었기 때문이라고 표현하고 있지요.

그런데 최근에는 인공지능과 로봇을 만들어 의사 결정에 도움을 받기 시작합니다. 주식 매입 등, 계산과 통계가 필요한 곳에서는 일부 의사 결정을 아예 인공지능에게 맡겨버린 곳도 있습니다.

그것은 우리가 목숨 걸고 훔쳐먹다 목에 걸린 선악과가 다른 존재에게 넘어가고 있는 모양새입니다. 그것(인간의 의사 결정권)은 절대로 다시 토해내 남에게 넘겨서는 안됩니다. 우리가 가진 의사 결정권은 그것이 인공지능이든 로봇이든 누구든 아무리 인간보다 똑똑해도 절대로 넘겨서는 안 되는 마지막 마지노선입니다. 의견을 참고해서 인간이 결정할 수는 있겠지요.

그것이 넘어가는 순간 우리의 주권과 존엄도 같이 넘어가기 때문에 반드시 지켜져야 하고, 그 결정권에 관련된 직종들은 사차 산업혁명 이후에도 지켜져야 하는 직종들이 될 것입니다.

인공지능이 의사 결정을 하게 되면 우리 인간들은 목적이 아닌 수단으로 전락하여 노예가 되거나 결국 멸망하지 않을까요?

- 인간이 결정한 -

선함의 기준
악함의 기준 모두
과연 옳을까?

- 인공지능이 생각하는 -

선함의 기준
악함의 기준에는
과연 무엇이?

더 무서운 것은 인공지능이 무슨 생각을 하는지 우리는 전혀 알 수가 없다는 것입니다.

왜 영장류는 인류만 남았을까?

어느 분이 남겼던 행시 카페 지정행시방의 시제가 "인류는 영원
하리 " 였습니다.
인류가 속한 부류가 영장류인데, 이상하게 지구에는 옛날에 있
던 영장류는 모두 멸종하고 인류만이 남아있습니다. 하나님의
뜻일 수도 있겠지만, 훨씬 열등했던 원숭이는 오히려 살아남아
서 아직도 보입니다.

그 시제에 맞추어 제가 썼던 시입니다.

- 영장류는 다 어디 갔나? -

인간처럼 생각하고 행동하는
류사한 동물은 없지만 고대 역사는
는개 속에 있어서 단지 유추할 뿐…
영장류가 몇 종류 있었지만
원숭이를 벗어나는 동물은 인간 외
하나도 없는 그 이유는 뭘까?
리얼 지킬 수 없었던 것일까?

삶 속의 영원한 길

원래는 여주의 신철진 시인님께서 김형석교수의 "삶의 한가운데 영원의 길을 찾아서"라는 책을 읽고 가나다라 행시를 쓰셨는데, 쓰신 가나다라 행시를 흉내 내고, 그 가운데에 그 책의 제목과 똑 같은 중간 운을 넣어 운이 2개인 행시를 만들었습니다.

가치있는 **삶**/을 노래하며
나름대로 **의**/롭게 살리라
다정하게 **한**/사람 만나서
라벤더향 **가**/정을 꾸미고
마음맞게 **운**/명을 개척해
바른삶에 **데**/꺽 거리잖고
사랑으로 **영**/원한 동반자
아름답고 **원**/대한 꿈꾸며
자긍심에 **의**/미있게 살리
차츰차츰 **길**/을 만들면서
카드꺼내 **을**/러대지 않고
타락의길 **찾**/지 아니하고
파트너와 **아**/름답게 살며
하염없이 **서**/로 사랑하리

건배사

요즈음 연말 연시에 회식하는 기회가 많은데, 그에 따라 건배사를 삼행시로 하는 경우가 굉장히 많아졌습니다.
요즘은 삼행시가 점점 일반화되어 학교에서 가르치지는 않지만 어디에서든 삼행시로 시를 짓는 것이 유행이지요.
제가 건배사를 오행시로 만든 게 있습니다.
"사랑합니다 " 인데, 이 오행시의 풀이는 다음과 같습니다.

사업 잘 하고
랑만도 찾고
합리적으로 삽시다
니체의 아모르 파티
다같이 즐깁시다

"아모르 파티"는 다들 아시겠지만, 니체가 한 말로
"네 운명을 사랑하라"입니다.
그리고 "사랑합니다"로 선창하면
따라서 "사랑합니다" 하면 됩니다.

이 정도면 저작권료를 받아도 되지 않을까요?

다행시를 보급하는 차원에서 무상으로
건배사로 사용을 허여합니다.

3. 행시로 친구들과의 소통

친구 이충노 공이 카톡에 한시를 하나 올렸는데, 오늘이 추석이라, 그 의미를 살리고 "한가위 날"이라는 운을 넣어 개작해 보았습니다.

欧阳修의《浪淘沙》(이충노 번역),
聚散苦匆匆，此恨无穷。今年花胜去年红。可惜明年花更好，
知与谁同？

만남, 이별 너무 빠르니, 이 恨은 끝 없다.
올해의 꽃은 지난해보다 더 붉고
아쉽게도 내년에는 더욱 아름다울 텐데,
뉘와 함께 있을지?
라는 시입니다. 제목을 붙이고 "한가위날"이라는 운을 두고 내용은 살려서 다시 써봅니다.

- 파도를 보며 -

한/없는 만남과 이별의 반복이 인생이지만
가/장 아름다운 꽃은 늘 올해 피는 꽃이라
위/구심이 드네, 내년에는 더욱 아름다울 텐데
날/ 함께 해줄 이 있을까?

중문학을 전공한 내 친구인 이충노 공이 또 다른 한시를 번역한 것을 보고 내가 행시로 바꾸었습니다. 원래 시를 소개하면

《秋词二首》

劉禹錫 (이충노 번역)

其一 :

自古逢秋悲寂廖 我言秋日勝春朝 晴空一鶴排雲上 便引詩情到碧霄

예로부터 가을 되면 슬프고 외롭다지만

나는 가을날이 봄보다 좋아라

맑은 하늘에 한 마리 학이 구름 속 사라지니

문득 詩情을 푸른 하늘 저 멀리 끌고 가네

其二 :

山明水淨夜來霜 數樹深紅出淺黃 試上高樓清入骨 岂如春色嗾人狂

山水가 맑고 깨끗한데 한밤에 서리 내리고

연노랑 단풍잎 붉게 깊이 물들어 눈부시네

사방을 보려 高楼에 올라 가을을 온몸으로 느끼니

어찌 사람을 들뜨게 하는 봄빛과 같으리오

이를 "가을 하늘 고운 단풍"이라는 운을 담아 행시로 만들었습니다.

- 가을에 시 두 수 -

가을 되면 예로부터 슬프고 외롭다지만
을씨년스런 가을날이 봄보다 더 좋아라
하늘에 한 마리 학이 구름 속 사라지며
늘 푸른 하늘 저 멀리 詩情을 끌고 가네
고운 물 맑고 깨끗한데 지난밤 서리 내리고
운무에 단풍잎 붉게 물드니 이 세상 아닌 듯
단 위에 올라보니 가을이 온몸을 감싸 안아
풍상 느끼게 하니 어찌 들뜬 봄빛이 같으리

햇살이 좋아서

내 친구이고, 친척 아저씨뻘 되는 안계복 시인이 동창생 카톡방
에 올렸던 아홉 줄의 자유시입니다.

- 네가 좋아서 -

햇살이 좋아
한 움큼 쥐었다
너를 주려고

거기에도
있는 건 알지만
네가 좋아서

너를 위한
하루였으면 해
매일 매일이

제가 "**고맙다**"라고 운을 넣어서 행시로 답시를 달았습니다.

- 고맙게 받는다 -

> **고** 따뜻한 햇살
  한 움큼 받는다
  너 한테서

> **맙**소사, 여기도
  얼마든지 있지만
  네 꺼가 좋아서

> **다** 같이 따뜻한
  하루가 될 거야
  매일 매일이

가을의 시심

내 친구인 안계복 시인이 가을이 되어 동창생 카톡방에 올린 또 다른 글입니다.

- 가을의 가슴 -

가을이 영근다
곱게 영근다
여인의 가슴처럼
곱게 영근다
가을의 가슴에
얼굴을 묻고
허겁지겁 가을을
마시고 싶다

이 친구가 쓴 시의 첫 자가 "**가곱여곱 가얼허마**"인데, 이 글자들을
운을 삼아 팔행시로 답시를 하나 써 봅니다.

- 가을에 한잔 -

가을엔
곱창이 당긴다
여인과 키스처럼
곱고 부드러운 맛

가을엔
얼큰한 막걸리가 좋다
허송세월 하다가
마침 너를 만나 한잔

낙엽비

친구인 안계복 시인이 낙엽비를 보고, 계절의 변화를 보면, 신의 얼굴이 보인다고 하며 단체 카톡방에 올린 글입니다.

"낙엽비를 직접 보지는 못했습니다. 동영상으로만 봤습니다. 낙엽은 떨어져서 낙엽이라고 칭합니다. 그러나 그 질량과 속도가 굉장할 때 인간은 압박감을 느낍니다. 두려움, 공포 같은 걸 말합니다. 그러나 그게 꼭 악이라고 말을 할 수는 없습니다. 때로는 아름다움이 되기도 합니다. 보들래르식의 아름다움입니다. 이토록 자연은 오묘하며 다양합니다. 그 선물을 우리는 듬뿍 받았습니다. 신에게 감사할 일입니다. 피는 것도 떨어지는 것도 다 신의 얼굴입니다. 다 아름다운 얼굴입니다."

거기에 행시로 제가 댓시를 답니다.

- 눈 있는 사람들은 보라 -

신께서 낙엽비 내려서
의미 있는 신호를 보내
얼굴을 드러내시니
굴곡 있는 멋진 모습 보여

4. 세상 속의 삼행시

세상을 바꾸는 시간 15분

우리학교에서 학생들이 교양과목으로 다양한 연사의 특강들을 모아서 듣고 싶다고, 학생들이 자발적으로 일 년에 2~3회 학생회 예산으로 하던 강연을 횟수도 늘이고 학점으로 듣게 해달라고 해서 "인문학 초청강연"이라는 과목을 새로 만들었습니다.

"그런데 도대체 어떻게 운영하는 것으로 기획하면 좋을까?" 하고 학생회에 물어보았더니, 학생회에서 좋은 샘플이 있다고 동영상 몇 개를 보내주었습니다. 그래서 열어보았더니 "세바시 15분"이라는 프로그램의 동영상이었어요.
"세바시"가 무언가 궁금해서 다시 보았더니 "세상을 바꾸는 시간"을 줄여서 쓴 말이더라구요.

요즘은 완전히 삼행시로 풀어 썼다 줄여 썼다 하는 세상이 된 것 같아요. 삼행시가 먹혀 들어가는 세상이 가까이 온 것 같아서 어떤 면으로는 반갑기도 하구요.

- 삼행시로 모든 것을 바꾸어 -

세상을 모두
바꾸어 버립시다
시간을 갖고

광고 속 의 삼행시 "555"

요즘 3행시가 굉장히 많이 나옵니다.
LG U 플러스의 광고 카피입니다.
5만원대로,
5G를 무제한,
5직 유플러스에서만

이 광고는 정말 삼행시의 파급효과가 클 것 같습니다.
심플하기도 하고 가격도 저렴하구요.
재미 삼아 같은 시제 "오오오"에 맞추어 하나 써보면

- 카사노바 -

오, 사랑해요
오직 난 그대만을
오늘 하루 만

하나 더 쓰면

- 카사노바 (2) -

오늘 밤에는
오직 당신 뿐예요
오, 사랑해요

유안타증권의 광고카피

유안타증권은 신문에 "타"가 4개가 들어간 행시를 광고카피로 쓰고 있습니다. 신문에 상당기간을 계속 이 광고를 내보내고 있습니다. 그 그림 안에 보면 삿갓을 쓴 사람이 보이고 있어 김삿갓을 연상하게 합니다.

비슷한 시제인 "타타타"를 제목으로 한 김국환이 김삿갓을 노래한 가요도 있지요.

그 유명한 방랑시인 김삿갓의 구수한 일화를 다시 소개하면, 삿갓으로 하늘을 가린 채 세상을 비웃고 인간사를 꼬집으며 정처없이 방랑하던 김삿갓이 금강산 만경동 유점사에서 주지스님을 만났을 때 하룻밤 쉬고 가게 해달라고 하면서 벌어진 해프닝입니다.

김삿갓의 요청에 주지스님이 "문제를 낼 터이니 마음에 흡족하면 하룻밤 숙식을 제공하리다" 하였습니다. 김삿갓은 선택의 여지가 없어서 따를 수 밖에는 없었습니다.

스님이 "타"를 부를 터이니 거기에 운을 맞추어 언문풍월로 지어 보라고 하였습니다.

스님이 첫 번째 "타" 하자
김삿갓이 **"사면 기둥 붉게 타"** 하였습니다.
두 번째 "타" 하자
"석양 행객 시장타" 하고 대꾸했습니다.

세 번째 "타" 하자

"네 절 인심 고약타" 하고 받았고, 김삿갓을 예사롭지 않게 본 주지 스님으로부터 저녁을 잘 얻어먹었다는 유명한 일화가 있습니다.

다 알고 계신 이야기이겠지만 재미있게 보셨기를 바랍니다.

요즈음 우리가 운을 띄워 낭송하는 즉흥 삼행시의 원조인 셈이지요.

저도 이야기를 꺼냈으니, 시제 "타타타"에 맞추어 주먹행시를 하나 써봅니다.

- 내 마음을 알아주오 -

타인인 당신
타오르는 이 마음
타박 말아줘

5. "行詩"라는 정형시

한글 시는 정말로 압운(押韻)이 어려운가?

상당히 많은 대학의 현대 시 쓰기 과목의 교재로 사용되어지고 있는 오규원 저 "현대시작법"(문학과 지성사)의 p390에 보면, "시의 리듬 rhythme은 정형시의 그것과 자유시의 그것과는 다르다. 정형시의 리듬은 압운(押韻) rhyme과 율격(律格) meter을 기본으로 한다. 압운은 영시나 한시에서 볼 수 있는 바처럼 시행의 시작, 끝, 중간에 유사한 소리를 내는 음절을 반복시키는 것이다. 그 반복은 단순한 소리의 반복이 아니라 엄격한 체계를 가진 소리의 반복이라는 점에 유의해야 한다. 그 체계는 음절단위를 기초로 하여 형성되어 있다.

그러나 첨가어(添加語)인 우리 언어는 음절 의식이 약해서 소리의 반복이 음수 또는 음보 단위로 형성된다. 그러니까 우리 정형시에서는 압운 형태의 구조를 주장하기 어렵다."라고 말하고 있습니다. 그 외의 많은 다른 교재와 저술에서도 우리나라의 한글 정형시라고하면 시조를 대표적인 정형시라고 표현하고 운(韻)이 들어 있는 정형시는 없다고 표현되고 있습니다.

- 정말 그럴까? -

너를 만나서
구멍이 나버렸네
나의 가슴에

김삿갓으로 잘 알려진 김병연 시인이 한문을 한글과 혼용해서 한시 형식의 한글 시를 만들어, 한시에 쓰이는 운을 한글 시에 적용한 사례가 있습니다. 또한 민간에서는 예로부터 두운을 가진 시를 운을 띄워 가며 낭송하는 형식의 삼행시를 남녀노소를 불문하고 즐겼습니다. 이 두운을 가지는 삼행시는 오늘날에도 많이 즐기고 있는데, 방송에서 게임 등에서 활용되고 있고, 학교에서도 삼행시 백일장을 열 정도로 일반화가 되어있습니다. 얼마 전에 한글날에 우리 학생회에서도 시제를 몇 개 올려놓고, 온라인으로 삼행시 백일장이 있었습니다. 일본에서는 하이쿠가 상당히 대중화되어 있다고 하는데, 우리 삼행시도 이에 못지않은 대중적 인기가 있을 것 같습니다.

그리고 2000년대 초반에 행시문학회도 만들어져서 거기에 가면 온통 행시들이지요.

정형시라고 이야기 할 수 있는지 아닌지 모르겠지만, 그 안의 행시들 중, 제가 쓴 행시들을 몇 수 뽑아봅니다.

- 은퇴했지만 아직 젊어 -

중요한 시간은 지나지 않았다
년 중 내내 모여 떠들지만
의미 있는 삶은 이제 시작
고생이겠지만 다시 시작하는 거야
독자적인 삶은 지금부터예요

- 떠나고픈 마음 -

영 어디론가 가고싶어라
등 떠밀려라도 어딘가로
포장마차 한구석에 앉아
의미없는 건배라도 하고
아침 해장국 한그릇하면
침침한 눈앞이 환해질까

- 과분한 선물 -

감지 덕지한
사랑을 받아
하나님 감사
며느리에게
살짝 다가온
아가 예정일
가만 감사해
자꾸 복주니

- 건강을 챙깁시다 -

스스로 운동해요 핵심근육
쿼터백 역할을 하는 몸통 근육
트러블이 생겨 잘못될 수도
와글와글 횡격막과 복횡근
핵심인 척추의 작은 근육들
심각한 척추 앞의 장요근
근육 아래 항문과 요도 수축근
육체의 건강 위해 스스로 강화해

- 삶의 의미를 찾아서 -

살살 화를 내거나 우울하다가
아주 절망스런 기분에 빠져
있는 대로 두려움에 사로잡혀
음주 가무에 몰두한다면
을매나 좋지 않은 일인가
보인다고 살아 있는 것이 아냐
여기에서 숨만 쉬지 말고
주어진 삶을 충실하게 살아야
세상에서 의미 있게 산다 하지
요즈음은 할만한 일도 많잖아

- 사회적 거리 두기 -

온통 바이러스 이야기
라이프 쉽지 않게 됐어
인간이 보지 못한 병균
가까이 오니 거리 띄어
까다롭지만 조금 멀리
와글와글 모임은 곤란
지인들과는 온라인 속
기쁨을 만들어 가볍게

- 코로나 속에서도 -

봄이 오네요
마치 공주님처럼
차마 못 봐요

꽃도 피네요
마치 아무일 없는 것처럼
차츰 좋아지겠죠

- 깨달은 사람의 후광 -

그 사람이 내는 빛이 있습니다
밝은 빛 어두운 빛, 맑은 빛 탁한 빛
은은하기도 눈부시기도 한 아우라
빛의 샤워처럼 쏟아지는 영적 에너지가
보는 사람을 압도하기도 합니다
이는 교황이나 큰 스님의 기도와 수행처럼
는 선함과 사유, 뒷받침하는 삶이
빛으로 나타나 온몸을 휘감습니다
이는 다시 바람으로 다가옵니다

압운보다는 시의 내용이 중요

오래 전부터 한자를 많이 써오던 우리 조상들은 한자의 숫자와 운을 한정하여 한시를 즐겨 했으며, 조선시대에는 과거시험에도 사용하였습니다. 과거시험에서는 압운이 정해진 상태에서 17-8 연 이상의 장형 정형시를 시험하였습니다. 그러나 어떤 정형시라도 정형시를 평가할 때는 마찬가지이겠지만, 과거에서 한시를 채점을 할 때는 형식의 준수도 중요하지만 시제의 의미 파악과 시상의 전개 등을 더 중요하게 생각했습니다.

과거 시험의 예에서 보이듯 정형시에서 형식적 한정은 담는 그릇으로서의 제한일 뿐, 더 중요한 것은 그 그릇에 담겨있는 내용입니다. 그릇 안에 보석이 담겨있을 수도 있고 쓰레기가 담겨 있을 수도 있기 때문입니다. 쓰인 내용의 진정성, 표현의 풍부성 등에 더해 형식에 맞춘 운과 율이 있어 흥을 더할 수 있으면 더 좋은 것이지요.

현재 우리나라의 정형시에는 공식적으로 오래 전부터 양반들 사이에서 가락을 즐겨오던 율시의 하나인 시조가 있습니다. 여기에도 운을 넣으면 흥을 더할 수 있을 것 같아서 운을 넣어봅니다.

- 난초에 걸려 -

> **해**가 쑥
  맑게 올라
  게으른 소 비추다
> **돋**아나
  아름다운
  난초 잎 사이 걸려
> **이**렇게
  파란 하늘에
  리본처럼 휘어져

여기에서는 시조의 각 장의 첫 자에 "**해돋이**"라는 운을 넣었습니다. 그리고 각각 **해맑게, 돋아난, 이파리**로 각 장마다 별도의 운을 넣어 전체의 운이 "**해맑게 돋아난 이파리**"가 되도록 하였고, 전체가 하나의 시조가 되도록 구성하였는데, 좀 더 흥이 나는 것 같아 보입니다.

더 짧은 주먹행시도, 길이가 시조의 한 장 정도 밖에는 되지 않지만, 나름대로 운과 제목과 내용이 잘 어우러져 비슷한 흥과 맛이 살아나는 것 같습니다.

- 꿈에 본 그녀 -

환한 미소와
상상초월 미모에
적당한 몸매

- 인연 -

원하든 않든
피할 수 없는 만남
스스럼 없어

- 프라이버시 없는 세상 -

누군가 나를
구석구석 보네요
나 어딜 가나

- 천국이 따로 있나 -

너구리 먹고
구들장에 누우니
나 천국인 듯

- 일과 삶의 질을 병행 -

워킹 좋지만
라이프 질 생각해
밸런스 잡아

- 언성이 높아지니 -

파르르 떨린
천하의 마눌 눈썹
무서워 도망

- 가을에 만났던 여인 -

단아한 모습
풍만하고 예쁜 몸
꽃 같은 미모

- 인생의 계산법 -

새로움 더해
마지막에 합하면
음울 사라져

- 취업 난 -

가난한 청년
을지로 인력시장
날마다 들러

- 한여름 -

시원한 바람
그늘을 찾아 앉아
널브러졌어

- 어제 본 여인 -

청초한 외모
순수한 마음가짐
미인이 맞아

- 한겨울 군고구마와 -

호 불며 먹어
박 터지는 달콤함
죽어도 좋아

- 배낭여행 -

해안선 따라
어디로든 가련다
화두를 품고

- 자화상 -

어릿광대의
거짓 웃는 표정 속
지친 그 모습

- 어제 그 아가씨 -

상큼한 미소
한 웅큼 쥐어 들어
가볍게 던져

- 날 닮은 행시 -

어디 ♡어설퍼
느릿 ♡느릿 쓰지요
날봐 ♡날마다

- 추억과 같은 -

인천 월미도
생각나 나도 그때
사랑 시작돼

- 어느덧 -

세 딸 결혼해
월척 같은 손자들
아이가 아냐

- 돼지 꿈 -

행운의 꿈 꿔
복권 한 장 샀는데
감이 넘 좋아

- 호수에 던진 돌 -

돌멩이 한 개
보기 좋게 던지면
기막힌 파동

- 작은 체구의 남편 -

작지마는 큰
은근히 믿음 가는
별스런 남편

- 세상에 살며 -

힘들겠지만
난 힘 하나 안 들어
다 당신 덕분

- 소꿉친구 -

옛날 놀던 곳
동산 옆 공동묘지
무시무시해

- 나의 산책길 -

강아지 풀과
가냘픈 코스모스
길가를 덮어

- 바다가 좋은 이유 -

이유 없어요
바다가 그냥 좋아
다 그대 덕분

- 형제들 모이면 -

가지런히 서
고향 생각 하면서
파란 하늘 봐

- 건배사 -

한마디 해요
잔 들어 건배해요
술술 술 마셔

- 무슨 시 -

자꾸만 써도
작아지기만 하네
시는 뭔 시여

- 새 술은 새 부대에 -

새로운 투자
아직 잘 모르지만
침착하게 해

- 선물로 받았어 -

새로 받은 옷
바로 입고 나오니
지나가다 봐

6. 1 2 3 4 행시와 가나다라 행시

행시 중에 1 2 3 4...의 운(韻)으로 이어지는 행시와 가나다라...
의 운으로 이어지는 행시들은 통칭해서 가나다라 행시로 부릅니
다. 이런 류의 행시가 상당히 깔끔해 보여서 많은 사람들이 이런
류의 행시를 즐기고 있는데요, 이런 류의 행시는 이상 시인이 원
조라고 할 수 있습니다. 특히 이상의 오감도는 같은 운이 계속
반복되기도 하고, 1 2 3 4...로 변하는 운도 존재하는 운이 여러
개인 퍼즐행시임에는 틀림이 없습니다.

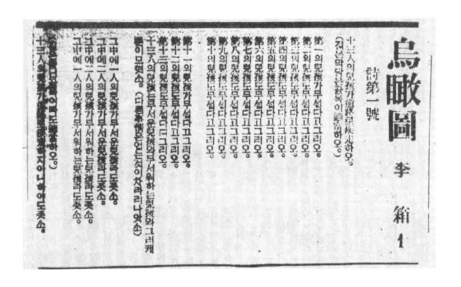

그러면 제가 쓴 가나다라 행시와 가나다라 퍼즐시를 소개합니다.

- 사랑의 주님 -

가나안 지역
나사렛 예수께서
다시금 부활

라이프 찾아
마귀들 쫓아내고
바른길 인도

사망도 이겨
아무런 값도 없이
자기를 희생

차가운 바다
카랑한 폭풍우에
타당한 기도
파도가 잠잠하니
하나님 영광

부활하신 주
활짝 웃으시면서
절 봐주시죠

- 당신의 생일을 맞아 -

가만히 생각하니 선물도 못했구려
나도 너무 무심했소 미안하오
다같이 케익에 촛불 켜 축하하오
라디오 노랫소리도 좋겠지만
마음에서 우러나는 시 한 수 쓰오
바람처럼 지나가는 인생 속에서
사랑으로 수십 년을 살아왔구려
아무리 세월이 거칠고 힘들어도
자그마한 사랑 속에서 손잡으며
차츰 견딜만해 행복하게 되었군요
카메라 앞에 서서 웃으며 찍읍시다
타오르는 촛불 불어 생일 축하하오
파랗게 높은 하늘도 축하하나 보오
하나뿐인 인생, 손 꼭 잡고 갑시다

- 우리 집의 귀여운 강아지 -

가/족에 **꼬**/리를 흔들며 /**가**
나/풀대 **리**/본도 흔드누 /**나**
다/각도 **흔**/들고 지나가 /**다**
라/라라 **드**/디어 멈춤이 /**라**
마/음에 **는**/것은 정이구 /**마**
바/쁘게 **우**/리집 휘돌아 /**바**
사/실상 **리**/드를 주도하 /**사**
아/는척 **집**/안을 돌고돌 /**아**
자/신의 **귀**/여움 보여주 /**자**
차/분히 **여**/유로 하셔차 /**차**
카/랑해 **운**/다면 찍어몰 /**카**
타/다닥 **강**/아지 어깨에 /**타**
파/르르 **아**/양을 또떨고 /**파**
하/웃고 **지**/내며 또하하 /**하**

- 즐거운 봄 나들이 -

가련다 떠나련다 **따**/라따라 봄봄봄
나비를 따라가면 **라**/일락꽃 봄동산
다람쥐 따라가니 **따**/라따라 풍년이
라일락 꽃보면서 **라**/랄라라 노래해
마음엔 분홍가득 **봄**/꽃엔 노랑가득
바다를 따라가면 **봄**/파도에 물갈퀴
사랑을 따라가면 **봄**/날행복 너울져
아침문 열리면은 **따**/사로운 햇볕이
자연의 섭리따라 **라**/랄라라 즐거워
차차차 따라따라 **따**/라따라 차차차
카라꽃 손짓하면 **라**/일락꽃 화답해
타관땅 밟으면서 **봄**/볕타고 뒹구네
파리를 따라가면 **봄**/똥무지 밟히지
하하하 웃으면서 **봄**/봄봄 따라따라

원래는 행시 카페의 박정걸 시인님께서 쓰셨던 가나다라 행시
였는데, 리듬이 재미있어서 약간 손을 봐서 여덟 번째 글자에
제목인 "따라따라 봄봄봄"을 두 번 운으로 넣고
리듬을 그대로 살려 퍼즐시를 만들어 봤습니다.
원작을 쓰신 박정걸 시인님께 감사 드립니다.

- 코로나도 지나가겠지요 -

가거라 **코**/로나여 **속**/히빨리 지나가라
나름의 **로**/망들이 **절**/망속에 스러진다
다시는 **나**/오지마 **없**/었던듯 돌아가라
라이프 **에**/워싸기 **이**/전으로 돌아가서
마음을 **물**/들인것 **흐**/릿하게 지워내고
바탕에 **들**/어서는 **르**/네쌍스 이뤄내자
사방에 **어**/지러운 **는**/적이는 코로나균
아까운 **하**/루하루 **세**/균에서 보호하여
자신감 **루**/루랄라 **월**/등해진 선진국을
차후에 **하**/나하나 **이**/뤄냄을 보여주고
카오스 **루**/루랄라 **야**/멸차게 탈출하자
타개를 **지**/속하여 **속**/속들이 몰아내고
파격적 **나**/노기술 **하**/루속히 백신개발
하나님 **가**/호속에 **네**/놈멸망 되리로다

- 코로나의 자원봉사 의료진을 응원합니다 -

가혹한 상황 **가**/셨어 **의**/롭게도
나라를 위해 **나**/갔던 **료**/양병원
다중의 감염 **다**/같이 **진**/정해도
라이벌 병균 **라**/인에 **피**/곤하네
마주친 상황 **마**/음에 **로**/망키워
바쁘게 대응 **바**/라는 **도**/전들을
사명감 투철 **사**/랑을 **가**/지고서
아무리 쎄도 **아**/픔을 **마**/주하고
자꾸만 도전 **자**/신을 **지**/켜냈죠
차가운 현실 **차**/분히 **노**/력했어
카오스 상태 **카**/드를 **선**/정해서
타이밍 맞춰 **타**/격에 **에**/너지를
파이팅 외쳐 **파**/란을 **달**/성하고
하나씩 박멸 **하**/나님 **해**/결주셔

7. 모든 글자가 운(韻)이 되는 행시

앞에서 보았듯이 다양한 모양새의 운, 중간 운 그리고 운이 여러 번 반복되는 정형시들이 다양하게 있을 수 있습니다. 최근 들어서는 다음카페에 이런 정형시들을 행시라는 명칭으로 즐기는 사람들의 모임이 있습니다. 이들 모임에는 한글이 음절문자이기 때문에 확실한 운을 보여줄 수 있기 때문에 다른 나라에서는 엄두조차 낼 수 없는 모든 글자가 운으로 되어있는 정형시까지도 발표되고 있습니다. 따라서 혹자가 이야기하는 압운 형태의 구조를 갖추기 어렵다는 이유로 한글 정형시가 이루지기 어렵다고 단정할 것인지 따져보아야 할 시점이 된 것으로 보입니다.

다음카페로 운영되고 1,600명이 회원으로 있는 한국행시문학회에서는 특히 삼행시 형태의 주먹행시를 비롯해서 운을 하나 가지고 있는 자유행시와 운을 두 개 이상 가지고 있는 다양한 종류의 퍼즐행시들이 자작 행시로 올라오고 있고, 특히 모든 글자가 운으로 되어 있는 가로세로 행시도 다양하게 올라오고 있어서 한국의 정형시 역사를 새로 쓰고 있는 것으로 보입니다.

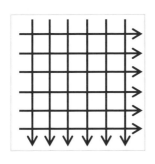

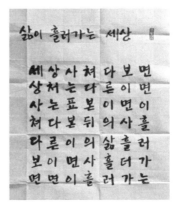

이 시를 보면 세로로 읽어도 모든 줄이 가로로 읽는 것과 같이 읽혀져서 모든 줄의 모든 글자가 운(韻)임을 확인할 수 있습니다. 이렇게 복잡한 듯 한 가로세로 행시도 글자 수에 따라, 대표 운의 위치에 따라 다양하게 운영될 수 있습니다.

순창 맛 고추장

지난번 행시카페의 지정행시방에 지정 운이 "순창 맛 고추장"이었는데 그 운을 앞에 두고 가로세로 행시를 써보았습니다.

- 얼큰함 더할 때는 -

- 맛있는 고추장 -

순 창 맛 고 추 장
창 란 에 추 어 **도**
맛 에 맛 더 한 **맛**
고 추 더 한 번 **아**
추 어 한 번 짭 **찔**
장 도 맛 아 **찔** 해

살 살 마 지 막 순
살 얼 음 맛 고 **창**
마 음 속 에 운 **맛**
지 맛 에 걸 맛 **고**
막 고 운 맛 고 **추**
순 창 맛 고 추 장

운을 제일 뒤에 두고도 하나 썼지요.

마무리로 "**고추장**"을 운으로 주먹행시를 하나 씁니다.
'주먹행시'는 한 주먹 밖에 안 된다는 의미로 붙여진 이름이며
단 17글자로만 이루어진, 세상에서 제일 짧은 글로써 앞에 운(韻)
이 붙어 있습니다.

– 어렸을 적 내 고향 –

고향 하며는
추억이 생각나요
장난치던 때

인사동의 어느 카페에서

제가 인사동 천상병 시인의 부인께서 운영하시던 찻집에서 친구
들과 차 한잔 마시면서 천상병 시인을 생각하면서 지난번에 썼
던 가로세로시를 약간 개작하여 다시 제목을 붙여 보았습니다.

– 어느 시인의 삶 –

상 처 인 생 의 시
처 절 한 생 의 글
인 한 삶 의 도 모
생 생 의 삶 화 두
의 의 도 화 첩 인
시 글 모 두 인 생

그런데, 벽에 걸려있는 귀천이라는 시도 자세히 보니. **"나나나"** 라는 운이 있는 행시이더라구요.

귀 천 (歸天)

천상병

나 하늘로 돌아가리라
새벽빛 와 닿으면 스러지는
이슬 더불어 손에 손을 잡고

나 하늘로 돌아가리라
노을 빛 함께 단 둘이서
기슭에서 놀다가 구름 손짓 하며는

나 하늘로 돌아가리라
아름다운 이 세상 소풍 끝내는 날
가서 아름다웠더라고 말하리라

그리고 이후에 소개해 드리는 가로세로행시 중 많은 글은 다음 행시카페의 이길수 시인님(닉네임 : 내안의퍼즐)의 답시 형태로 작성이 되어 두운 또는 각운이 유사한 글들이 많음을 밝힙니다.

<가로세로 5행시>

- 이상하게 맞아 -

요 상 하 네 요
상 상 그 이 상
하 그 희 한 한
네 이 한 수 시
요 상 한 시 네

- 초가삼간에 오손도손 -

다 가 온 햇 살
가 볍 고 볕 든
온 고 이 지 신
햇 볕 지 걸 랑
살 든 신 랑 과

- 오뚝이 정신 -

환 한 불 다 오
한 얼 굴 우 뚝
불 굴 오 뚝 이
다 우 뚝 서 마
오 뚝 이 마 음

- 풍년에 배추가 추는 춤 -

다 리 성 한 가
리 얼 한 춤 을
성 한 배 추 도
한 춤 추 는 가
가 을 도 가 네

- 축제에 가니 -

동 백 꽃 향 기
백 년 향 기 가
꽃 향 내 가 막
향 기 가 꽂 혀
기 가 막 혀 요

- 한잔 더 합시다 -

맑 은 술 한 잔
은 근 취 중 에
술 취 해 간 나
한 중 간 몽 유
잔 에 나 유 혹

- 봄소풍 가요 -

꽃 은 피 나 봄
은 근 해 봄 이
피 해 서 놀 다
나 봄 놀 이 가
봄 이 다 가 와

- 기분 전환-

나 서 울 오 다
서 풍 서 늘 함
울 서 방 함 께
오 늘 함 께 춤
다 함 께 춤 을

- 가을의 이별 -

달 빛 고 운 밤
빛 난 별 이 차
고 별 하 여 도
운 이 여 무 네
밤 차 도 네 꺼

- 기암 괴석의 명산 -

기 암 오 음 계
암 벽 풍 험 곡
오 풍 성 한 물
음 험 한 명 소
계 곡 물 소 리

- 향기로운 여인 -

여 인 의 향 기
인 생 의 기 본
의 의 도 있 을
향 기 있 나 봐
기 본 을 봐 요

- 떨어지더라도 -

마 지 막 잎 새
지 난 가 을 날
막 가 는 춤 에
잎 을 춤 추 게
새 날 에 게 시

- 너를 만나 살다 보니 -

네 가 최 고 네
가 장 선 행 한
최 선 다 한 삶
고 행 한 삶 이
네 한 삶 이 네

- 누구든 맘대로 -

황 당 한 생 각
당 신 도 각 자
한 도 가 없 네
생 각 없 는 맘
각 자 네 맘 에

- 인생은 원래 잡초 -

삶 잡 초 당 초
잡 아 라 초 로
초 라 한 꿈 의
당 초 꿈 속 인
초 로 의 인 생

- 삼식이의 비애 -

맛 집 서 한 끼
집 에 서 먹 니
서 서 찬 거 를
한 먹 거 리 해
끼 니 를 해 결

- 하나님 사랑에 감사 -

무 한 감 사 가
한 껏 사 랑 을
감 사 가 을 빛
사 랑 을 유 추
가 을 빛 추 억

- 고인이 된 어느 배우 -

세 상 이 극 장
상 상 을 찬 미
이 을 삶 의 빛
극 찬 의 예 인
장 미 빛 인 생

김기수 053

- 석양이 물들고 -

하 늘 이 꽃 집
늘 기 쁜 향 에
이 쁜 줄 기 가
꽃 향 기 품 는
집 에 가 는 길

- 그대의 마음은 -

따 스 한 햇 살
스 친 창 빛 이
한 창 따 사 한
햇 빛 사 랑 결
살 이 한 결 더

- 개도 아는 요즘 유행 캠핑카 -

캠 핑 차 소 개
핑 크 형 식 도
차 형 이 정 말
소 식 정 확 해
개 도 말 해 요

- 겨울 되니 추워져 -

지 구 에 별 달
구 름 이 찬 밤
에 이 는 맘 도
별 찬 맘 이 차
달 밤 도 차 네

- 가을비에 이슬 맺혀 -

풀 잎 위 이 슬
잎 새 에 슬 쩍
위 에 도 이 슬
이 슬 이 슬 쩍
슬 쩍 슬 쩍 와

- 개도 웃는다 -

개 야 웃 지 마
야 울 어 울 음
웃 어 웃 음 에
지 울 음 울 상
마 음 에 상 처

<가로세로 6행시>

- 새해엔 기운내세요 -

즐 거 운 삶 향 기
거 품 세 고 기 운
운 세 도 난 벅 찬
삶 고 난 쾌 차 한
향 기 벅 차 는 해
기 운 찬 한 해 를

- 인생은 꽃과 같애 -

멋 진 불 꽃 인 생
진 짜 좋 은 생 명
불 좋 고 물 좋 고
꽃 은 물 들 지 요
인 생 좋 지 항 상
생 명 고 요 상 쾌

- 네 마음이 녹으니 음악 -

넌 언 제 나 내 꽃
언 제 자 의 마 음
제 자 끌 어 음 악
나 의 어 깨 에 도
내 마 음 에 멋 들
꽃 음 악 도 들 려

- 행복한 삼행시 -

착 한 시 삼 행 시
한 없 는 행 복 도
시 는 달 달 한 꽃
삼 행 달 콤 운 핀
행 복 한 운 을 봄
시 도 꽃 핀 봄 에

- 웃음의 가치 -

인 생 웃 고 살 아
생 웃 음 이 맛 에
웃 음 꽃 피 나 봐
고 이 피 로 가 요
살 맛 나 가 계 부
아 에 봐 요 부 를

- 인생은 생각 하기 나름 -

미 완 성 인 생 의
완 성 한 생 명 문
성 한 자 의 문 은
인 생 의 연 속 인
생 명 문 속 영 생
의 문 은 인 생 관

- 너희도 합류하자 -

시 작 이 반 이 다
작 심 해 보 이 되
이 해 하 면 와 라
반 보 면 만 나 고
이 이 와 나 여 기
다 되 라 고 기 도

- 오랜만에 들어서는 -

고 향 의 돌 담 길
향 기 가 담 긴 길
의 가 좋 은 사 이
돌 담 은 내 연 인
담 긴 사 연 근 사
길 길 이 인 사 해

- 김정은 트럼프 첫 만남 -

북 미 정 상 회 담
미 국 은 왕 의 심
정 은 은 처 음 이
상 왕 처 럼 영 리
회 의 음 영 뭉 클
담 심 이 리 클 줄

- 인생 담은 영약 -

이 슬 인 생 마 술
슬 픈 생 담 음 이
인 생 품 은 의 약
생 담 은 영 약 이
마 음 의 약 이 라
술 이 약 이 라 면

- 너는 내 햇살 -

이 삶 너 참 햇 살
삶 이 영 필 살 기
너 영 원 히 내 편
참 필 히 영 준 한
햇 살 내 준 형 세
살 기 편 한 세 상

- 내 고향은 을숙도 -

내 맘 은 가 을 꿈
맘 담 근 을 숙 도
은 근 히 꿈 도 꾼
가 을 꿈 의 향 내
을 숙 도 향 하 고
꿈 도 꾼 내 고 향

- 불 속의 사드락 -

따 뜻 하 다 들 불
뜻 한 나 만 안 어
하 나 님 의 의 라
다 만 의 미 한 바
들 안 의 한 사 람
불 어 라 바 람 아

- 우연히 만나 계산까지 -

멋 진 맘 의 기 반
진 심 에 연 지 갑
맘 에 밝 히 개 네
의 연 히 책 펼 친
기 지 개 펼 친 구
반 갑 네 친 구 야

- 금요일의 제왕 -

나 무 아 미 타 불
무 엇 주 남 다 타
아 주 참 멋 가 는
미 남 멋 진 임 금
타 다 가 임 타 요
불 타 는 금 요 일

- 센스 있게 와인도 한잔 -

네 삶 멋 저 센 스
삶 의 과 녁 그 치
멋 과 연 그 대 는
저 녁 그 술 와 인
센 그 대 와 인 연
스 치 는 인 연 들

- 높은 산, 은혜 가운데 -

아 맑 고 산 은 빛
맑 은 산 천 혜 가
고 산 이 반 가 운
산 천 반 가 운 데
은 혜 가 운 데 살
빛 가 운 데 살 자

- 역사의 흐름처럼 -

민 족 혼 인 한 강
족 한 자 연 강 물
혼 자 강 도 도 이
인 연 도 묘 한 바
한 강 도 한 없 다
강 물 이 바 다 로

<가로세로 7행시>

- 인사동에서 모이는 동모 -

만 난 친 구 에 인 사
난 길 구 경 도 사 랑
친 구 와 하 는 동 모
구 경 하 는 정 같 이
에 도 는 정 감 이 는
인 사 동 같 이 한 길
사 랑 모 이 는 길 목

- 회화나무 옆, 기도하는 아이 -

그 아 이 아 주 은 혜
아 울 러 내 맘 혜 화
이 러 한 맘 에 찬 동
아 내 맘 향 한 감 회
주 맘 에 한 껏 동 화
은 혜 찬 감 동 되 나
혜 화 동 회 화 나 무

- 이슬 한잔이 시 -

한 잔 이 슬 이 깊 네
잔 에 슬 품 삭 이 마
이 슬 맺 혀 진 울 음
슬 품 혀 뿌 리 적 적
이 삭 진 리 더 한 시
깊 이 울 적 한 때 는
네 마 음 적 시 는 시

- 당신이 없는 하늘에도 -

천 개 별 과 달 하 나
개 벽 이 하 늘 해 와
별 이 깨 지 고 와 요
과 하 지 요 이 같 이
달 늘 고 이 많 은 별
하 해 와 같 은 은 사
나 와 요 이 별 사 랑

- 꽃이 피니 봄이네요 -

꽃 속 내 진 정 한 봄
속 의 사 심 다 참 아
내 사 반 가 운 봄 씨
진 심 가 는 맘 이 제
정 다 운 맘 이 네 오
한 참 봄 이 네 다 시
봄 아 씨 제 오 시 네

- 키스의 맛은 쿠키 -

맛 흡 사 진 한 쿠 키
흡 너 랑 한 껏 키 스
사 랑 의 향 진 보 해
진 한 향 취 한 다 도
한 껏 진 한 맛 도 될
쿠 키 보 다 도 달 까
키 스 해 도 될 까 요

- 낮에 나온 반달 -

착 한 햇 빛 눈 감 나
한 줄 빛 공 감 동 무
햇 빛 도 허 아 끝 에
빛 공 허 반 달 운 걸
눈 감 아 달 쭈 그 린
감 동 끝 운 그 대 낮
나 무 에 걸 린 낮 달

- 맘이 맞는 시인과의 동행 -

낭 만 적 꽃 길 동 행
만 난 시 인 이 행 복
적 시 어 생 명 다 한
꽃 인 생 담 은 詩 美
길 이 命 은 찜 하 소
동 행 다 시 하 는 가
행 복 한 미 소 가 득

- 내가 별인지, 네 눈이 별인지 -

금 새 다 빛 난 네 별
새 벽 별 이 은 눈 에
다 별 님 은 혜 이 빛
빛 이 은 맘 에 별 이
난 은 혜 에 별 되 는
네 눈 이 별 되 는 밤
별 에 빛 이 는 밤 에

- 본사 대기 발령이래 -

서 울 본 사 길 가 네
울 며 따 라 가 는 발
본 따 던 진 다 장 소
사 라 진 길 가 소 리
길 가 다 가 뛰 어 가
가 는 장 소 어 딘 들
네 발 소 리 가 들 려

- 새들의 고향 언덕 -

새 들 이 날 아 온 들
들 을 사 랑 하 다 꽃
이 사 람 들 멋 고 향
날 랑 들 어 저 너 머
아 하 멋 저 맘 의 문
온 다 고 너 의 호 언
들 꽃 향 머 문 언 덕

- 삼행시 만드는 아이 -

행 이 삼 행 시 단 순
이 름 줄 시 작 순 수
삼 줄 시 만 을 행 한
행 시 만 든 행 운 아
시 작 을 행 한 아 이
단 순 행 운 아 이 웃
순 수 한 아 이 웃 음

- 멋진 캐슬에 들어가 -

백 마 탄 왕 자 만 나
마 나 님 되 는 난 가
탄 님 과 는 사 연 이
왕 되 는 멋 진 인 사
자 는 사 진 도 관 람
만 난 연 인 관 계 도
나 가 이 사 람 도 참

- 봄에 보이는 것들에는 -

상 상 그 이 상 도 봄
상 상 하 는 벌 레 도
그 하 늘 파 아 라 요
이 는 파 란 마 음 봄
상 벌 아 마 음 악 을
도 레 라 음 악 을 봐
봄 도 요 봄 을 봐 요

- 당신에게 드리는 선물 -

백 만 송 이 장 미 꽃
만 송 이 꽃 미 소 가
송 이 마 다 꽃 가 마
이 꽃 다 발 갖 고 타
장 미 꽃 갖 고 와 요
미 소 가 고 와 매 우
꽃 가 마 타 요 우 리

- 꽃 향에 취한 나비-

늙 은 호 박 꽃 도 꽃
은 근 감 색 도 취 향
호 감 이 미 한 해 에
박 색 미 거 참 도 취
꽃 도 한 참 사 모 해
도 취 해 도 모 하 나
꽃 향 에 취 한 나 비

- 행복도 사랑도 두 글자 -

행 복 이 늘 와 내 사
복 된 맘 고 요 사 랑
이 맘 이 요 요 말 이
늘 고 요 도 란 도 란
와 요 요 란 한 멋 두
내 사 말 도 멋 진 글
사 랑 이 란 두 글 자

- 가상 현실 속을 걸으니 -

너 의 발 걸 음 빛 에
의 문 길 어 색 깔 이
발 길 마 다 이 멋 진
걸 어 다 니 다 저 물
음 색 이 다 참 좋 다
빛 깔 멋 저 좋 구 나
에 이 진 물 다 나 와

<가로세로 8행시>

- 친구가 내게 지어준 이름 -

어 깨 동 무 하 고 가 네
깨 끗 하 게 늘 운 명 이
동 하 는 가 이 말 에 도
무 게 가 엄 청 과 해 도
하 늘 이 청 명 해 석 한
고 운 말 과 해 악 사 이
가 명 에 해 석 사 용 중
네 이 도 도 한 이 중 성

- 컷오프에 떨어졌어 -

상 실 속 에 허 무 일 세
실 망 한 너 무 슨 상 상
속 한 처 지 한 심 엄 살
에 너 지 실 컷 한 청 이
허 무 한 컷 오 프 공 모
무 슨 심 한 프 리 허 그
일 상 엄 청 공 허 그 래
세 상 살 이 모 그 래 요

<가로세로 10행시>

- 그대를 만나 행복이 오가네요 -

그 대 가 좋 아 행 복 한 인 생
대 단 히 아 주 복 많 이 생 겨
가 히 보 라 별 한 이 없 네 요
좋 아 라 미 처 인 생 네 축 복
아 주 별 처 럼 생 겨 요 복 이
행 복 한 인 생 웃 음 꽃 핀 다
복 많 이 생 겨 음 미 한 다 오
한 이 없 네 요 꽃 한 송 이 가
인 생 네 축 복 핀 다 이 쁘 네
생 겨 요 복 이 다 오 가 네 요

<가로세로 12행시>

- 우리나라 아줌마들의 힘에 -

날 이 면 날 마 다 더 불 어 살 아 가
이 런 죄 마 감 한 불 쌍 한 아 줌 마
면 죄 부 다 함 이 어 한 번 가 마 또
날 마 다 같 이 가 살 아 가 며 죄 다
마 감 함 이 다 시 아 줌 마 힘 에 요
다 한 이 가 시 죠 설 마 또 다 요 술
더 불 어 살 아 설 곳 세 상 다 같 이
불 쌍 한 아 줌 마 세 력 이 같 아 야
어 한 번 가 마 또 상 이 한 이 야 기
살 아 가 며 죄 다 다 같 이 익 힘 에
아 줌 마 힘 에 요 같 아 야 힘 쓰 조
가 마 또 다 요 술 이 야 기 에 조 아

날이면 날마다 더불어 살아가
이런 죄 마감한 불쌍한 아줌마
면죄부 다함 이어 한번 가마, 또
날마다 같이 가, 살아가며 죄다
마감함이 다시 아줌마 힘에요
다한 이 가시죠, 설마 또, 다 요술
더불어 살아 설 곳, 세상 다 같이
불쌍한 아줌마 세력이 같아야
어, 한 번 가마, 또 상이한 이야기
살아가며 죄다 다같이 익힘에
아줌마 힘에요, 같아야 힘 쓰조
가마, 또 다 요술 이야기에 조아

- 퍼즐행시에 빠져서 헤어나지 못해 -

난 아 직 도 퍼 즐 韻 에 빠 져 있 다
아 주 접 대 즐 긴 다 너 져 주 어 써
직 접 韻 체 韻 다 쓰 지 있 어 넘 버
도 대 체 왜 에 너 지 를 다 써 버 려
퍼 즐 韻 에 빠 져 있 다 난 아 직 도
즐 긴 다 너 져 주 어 써 아 픈 까 시
韻 다 쓰 지 있 어 넘 버 직 까 짓 걸
에 너 지 를 다 써 버 려 도 시 걸 인
빠 져 있 다 난 아 직 도 퍼 즐 韻 에
져 주 어 써 아 픈 까 시 즐 비 해 너
있 어 넘 버 직 까 짓 걸 韻 해 보 지
다 써 버 려 도 시 걸 인 에 너 지 도

난아직도 퍼즐운에 빠져있다
아주접대 즐긴다너 져주어써
직접운체 운다쓰지 있어넘버
도대체왜 에너지를 다써버려
퍼즐운에 빠져있다 난아직도
즐긴다너 져주어써 아픈까시
운다쓰지 있어넘버 직까짓걸
에너지를 다써버려 도시걸인
빠져있다 난아직도 퍼즐운에
져주어써 아픈까시 즐비해너
있어넘버 직까짓걸 운해보지
다써버려 도시걸인 에너지도

<가로세로 13행시>

- 당신에게 즐거운 마음을 드립니다 -

마 음 이 즐 거 우 면 시 구 아 름 답 다
음 악 의 거 장 이 장 시 간 름 름 하 다
이 의 기 운 이 동 해 바 다 다 한 다 함
즐 거 운 마 음 은 아 름 다 운 당 신 께
거 장 이 음 악 리 비 에 라 당 신 부 하
우 이 동 은 리 딩 도 시 당 신 함 께 늘
면 장 해 아 비 도 움 주 신 편 지 줄 이
시 시 바 름 에 시 주 마 음 의 즐 거 움
구 간 다 다 라 당 신 음 악 할 거 비 튼
아 름 다 운 당 신 편 의 할 것 리 해 해
름 름 한 당 신 함 지 즐 거 리 며 구 경
답 하 다 신 부 께 줄 거 비 해 구 하 자
다 다 함 께 하 늘 이 움 튼 해 경 자 년

마음이 즐거우면 詩句 아름답다
음악의 거장이 장시간 름름하다
이의 기운이 동해 바다 다한다 함
즐거운 마음은 아름다운 당신께
거장이 음악 리비에라 당신 부하
우이동은 리딩 도시 당신함께 늘
면장해 아비 도움 주신 편지 줄 이
시시 바름에 시주 마음의 즐거움
구간 다다라 당신 음악할 거 비튼
아름다운 당신 便의 할 것 理解해
름름한 당신 함 지즐거리며 구경
답하다 신부께 줄 거 비해 구하자
다 다함께 하늘이 움튼 해 경자년

<가로세로 14행시>

- 초여름에 네 뜨락에서 차 한잔 -

가 나 다 라 마 바 사 아 자 차 카 타 파 하
나 와 네 이 음 일 랑 자 기 좋 드 라 아 하
다 네 뜨 락 이 초 하 참 좋 아 요 차 하 하
라 이 락 꽃 피 라 고 하 데 요 것 참 기 웃
마 음 이 피 그 도 그 네 요 차 참 멋 쁨 어
바 일 초 라 도 그 대 여 아 하 기 쁨 낭 보
사 랑 하 고 그 대 남 자 하 하 웃 어 보 자
아 자 참 하 네 여 자 고 운 꽃 한 줄 기 향
자 기 좋 데 요 아 하 운 이 핀 꽃 시 향 에
차 좋 아 요 차 하 하 꽃 핀 차 향 도 이 꽃
카 드 요 것 참 기 웃 한 꽃 향 기 이 라 네
타 라 차 참 멋 쁨 어 줄 시 도 이 꽃 핀 운
파 아 하 기 쁨 낭 보 기 향 이 라 핀 향 이
하 하 하 웃 어 보 자 향 에 꽃 네 운 이 커

가 나다라 마바사 아 자차카타 파하
나와 네 이음일랑 자기, 좋드라, 아하
다 네 뜨락이 初夏, 참 좋아요, 차, 하하
라이락 꽃 피라고 하데요, 것 참, 기웃
마음이 피그(pig) 도그(dog) 네요, 차, 참 멋 쁨어
바, 일초라도 그대여, 아하, 기쁨 낭보
사랑하고, 그대 남자, 하하 웃어 보자
아자, 참하네 여자, 고운 꽃 한줄기 향
자기 좋데요, 아하 운이 핀 꽃, 시향에
차 좋아요, 차, 하하 꽃핀 차향도 이 꽃
카드, 요것 참, 기웃한 꽃 향기이라네
타라, 차, 참 멋 쁨어 줄 시도 이 꽃핀 운
파아하, 기쁨 낭보, 기향이라, 핀 향이
하하하, 웃어 보자, 향에 꽃, 네 운이 커

8. 가로세로 행시 중 앞으로 읽으나 뒤로 읽으나 같은 詩

"**회문시**"는 앞으로 읽어도 뒤로 읽어도 말이 되는 시이지요. 원래 옛날부터 일부 한시에서 썼던 방식입니다. 제가 가로세로형 퍼즐 시를 좋아해서 7자짜리 회문을 테두리로 한 가로세로 같은 시를 여러 편을 만들었습니다.

그런데 이 가로세로시가 모두 7자의 회문으로 되어 있으면, 글 전체가 회문이 되는 것이 자명하지만 찾기가 쉽지 않았는데, 전에 우리 행시카페 게시판에서 제 가로세로시에 달았던 박정걸 시인님의 댓글에서 힌트를 얻어 모든 행이 회문으로 된 가로세로시를 만들어 보았습니다.

- 골라서 가는 인생길 -

가 고 가 네 가 고 가
고 하 고 가 고 하 고
가 고 가 고 가 고 가
네 가 고 르 고 가 네
가 고 가 고 가 고 가
고 하 고 가 고 하 고
가 고 가 네 가 고 가

- 사랑으로 돌보네 -

⇒　　　⇐

⬇ 찰 진 의 사 의 진 찰 ⬇
진 짜 사 랑 의 행 진
의 사 들 이 또 협 의
사 랑 이 많 아 의 사
의 의 또 아 주 의 의
진 행 협 의 의 문 진
⬆ 찰 진 의 사 의 진 찰 ⬆

⇒　　　⇐

찰진 의사의 진찰
진짜 사랑의 행진

의사들이 또 협의
사랑이 많아 의사
의의 또 아주 의의

진행 협의의 문진
찰진 의사의 진찰

김기수　067

다시 이 詩 이 詩다
시작한 作詩 다시

이 한 몸의 이름이

詩作의 여유 과시

이 詩 이유와 같이
詩 다름과 같은 詩
다시 이 詩 이 詩다

- 세월 따라 가다 보다 -

다 가다 보다 가다

가볼가 다 가볼가

다가오다 오가다

보다, 다 보다 다보

다가오다 오가다

가볼가 다 가볼가

다 가다 보다 가다

다보 : 오여래의 하나로 동방의 보정 세계
(寶淨世界)에 나타났다는 부처.

다 시 올 해 올 시 다
시 작 해 올 해 다 시
올 해 는 일 다 시 올
해 올 일 을 시 작 해
올 해 다 시 역 시 올
시 다 시 작 시 행 시
다 시 올 해 올 시 다

다시 올해 올시다
시작해, 올해 다시

올해는 일, 다시 올
해올 일을 시작해

올해 다시 역시 올
시, 다시 作詩 행시
다시 올해 올시다

사월의 연가

꽃잎이 싱그럽게
피어나는 사월에는

백 년을 언약한 님
오실까 기다려도

해 저문 언덕길엔
바람만 부는구나

秀智 김민영

서울 출생
現. 몬디 케이에스피 근무
한행문학 신인행시문학상 / 시인 등단
제3회 전국행시백일장 최우수상 수상(2018)

그리운 어머니

노을이
붉은 눈물 흩뿌리며
서글피 울던 날

홀연히 하느님 품으로 가신
그리운 어머니
금방이라도 대문 열고
오실 것만 같았는데

보고 싶고
그리운 마음 아시려나요
더러는 꿈속에라도
오시지 않겠어요

살아 생전 효도 못하고
속 썩인 딸이지만
다시 살아 오신다면
그 얼마나 좋을까요

가시는 발걸음 무거우셨을 어머니
지금은 걱정 마시고
훗날
고운 미소로 우리 만나요 엄마

어느 가을날에

초가을
달빛이
꽃잎 위에 머물면

코스모스
한들한들
그리움 흔들고

바라만 봐도
좋은 그대
이 마음 흔드네

모정

꽃보다도
어여쁜
사랑스런 아가야

송송 맺힌
수정 방울
두 볼에 흐를 때

이제야
알았다네
네 눈물
내 아픔이란 걸

백합 향이
고운들
해맑은
네 얼굴 같을까

장미꽃이
어여쁜들

미소 짓는
네 얼굴에 비할까

바램

은빛 모래 위
하염없이 그린 너
수 세월 흘러도 변함 없길

바램 2

태초에
순수했던
그 마음 영원하길

백만 년
흘러가도
빛나는 햇님처럼

산마루
비추이는
은은한 달님처럼

벚꽃

새순 잎
조그만 손
가지마다 싹 틔워

봄날의
하얀 미소
꽃송이로 피어나

소리 없이
하늘하늘
이는 미풍 시샘에

꽃잎송이
작은 옷을
한 잎 두 잎 벗어주어

하얀
꽃비 되어 누우니
꽃밭 이뤘구나

만추

가을이
단풍 비를 뿌리며
떠날 채비 합니다

을씨년스런 거리
방황하는 낙엽과
노란 은행잎 꽃

하얀 머리
흩날리며 노래하는
억새 춤 뒤로하고

늘 그랬듯
화려함과 쓸쓸함
남겨놓고 떠나려 합니다

목련화

마당엔
봄 햇살
한 가득 담고서

음지엔
따사론
봄 물결 흐르니

은빛 물
곱게 스민
화사한 목련 꽃

청초한
꽃망울
머금은 가지는

춘풍에
잠 깨어
꽃 향기 품누나

낙엽

색동옷 곱게 입은 단풍잎
비와 바람 시샘하듯
하늘하늘 잎새를 떨구고

이별이 아쉬운 마음
나무아래 오색 빛깔
소복이 쌓이네

그리움의 뿌리야
엄동설한 잘 견디라고
꽃 이불 덮었단다

고사목

장엄했던
지난날의 추억들을
꿈속에서 그리며

안개와
바람을 벗 삼아
초롱한 별빛 아래
하얀 달빛 이불 덮고

산야의 적막한 밤
부엉이 자장가 노래
외로움 달래는
천 년의 고사목이여

홍시

익힐 듯이
작렬하는
뜨거운 햇살 받으며

가슴 아픈
깊은 상처
차가운 비 바람 견뎌 온 이유

핑크 빛 그리움
하나 하나
마음에 곱게 물들여

님 미소에
입 맞춤 하는 날
기다린 까닭 입니다

가을 사랑

아직 한낮은 불볕이어도
아침 저녁 바람에선
가을 향기가 나요.

옷깃을 세우고
한발 한발 다가서며
긴 더위를 밀어 내면서도
가는 여름이 아쉬운지
저녁이면 이른 풀벌레들
찌르르 찌르르르
노래하는 밤

가을을 사랑하는
여름은 떠나고
홀로 남아
붉어질 마음이라면
산과 들
골짜기마다
화려하고 아름답게
고운 수를 놓겠어요

그리운 어머니 2

가고픈 나의 고향 그리운 어머니여
나팔꽃 담장 가에 보랏빛 미소 짓고
다듬이 노랫가락 구김살 펴져가면
라디오 청취하는 어둠이 짙어진 밤
마당 안 강아지는 실눈 떠 객 쫓으니
바느질 골무 손에 호롱불 으쓱대네
사군자 매화 향기 바람 결 흐르던 곳
아카시아 꽃 먹고 뛰놀던 그날들은
자장가 한 소절에 새로록 꿈길이라
차창 가 둥근 달도 살며시 잠자네
카네이션 한 송이에 미소 띤 어머니여
타국보다 머나 먼 하늘에 계시오니
파노라마 아롱진 정겨운 어린 시절
하얀 꿈 심어주던 어머니 그리워라

그리움

달빛 어린 하늘가
별들은 빛나는데

아늑하게 멀어 진
지나간 추억이여

달을 닮은 네 얼굴
보고픈 사람이여

아물지 못한 상처
가슴에 머무르고

밝고 고운 네 미소
눈앞에 아른거려

은하수 뒤 있을까
구름 속 숨었을까

달무리 밤하늘
바람에 흔들리고

아픈 마음 달래는
슬픔만 넘친다오

아름다운 중년

젊은 시절
그때는
중년이 두려웠네

은발이
희긋 희긋
빛나는 나이 되니

시대의
흐름은 백세
제2의 청춘이라

절친들과
나누는 삶
이 순간을 누리리

노을 빛 청춘

초콜릿처럼
달콤스런 행복감에
젖은 날도 많았다고

악사의
고운 선율처럼
아리따운
젊은 시절도 있었노라고

동그란 석양이
노을을 남기고 사라진
황혼의 들녘에 선,

노을 빛으로
곱게 물든
아름다운
우리의 청춘이여

행복이란

흘러가는 저 구름
가는 곳 어디인가

무심히 흐른 세월
뒤돌아 보노라니

한 손에 닿을 듯
아스라이 사라지고

복락을 누리던
지난날 그려보니

진실된 행복이란
마음속에 있었더라

물망초

물망초
피어있는
고요한 강가에

안개비
젖은 꽃잎
눈물을 떨구며

피어난
송이마다
날 잊지 말라고

그대
사랑하여
그리움 알았다며

능소화

더 없이
뜨거운 햇살아래
고운 볼 붉게 분칠하고

가녀린 팔로
담장을 껴안고
화사한 주홍 빛깔 수를 놓아

아름다운
꽃잎 떨구며
임 기다리는 능소화야

내리사랑

투박해 진
어머니 손
좋은 음식 자식 주고

철 없던
그 시절엔 당연한 줄
알았다네

한평생
자식 위해 살아오신
어머님 삶

시간은
물 흐르듯 무수히
흐른 세월

포근한
그 사랑 닮은
부모 되었다네

어린 시절

화롯불 안 고구마는
달콤하게 익어가고

사립문 흔들리는
엄동설한 기나긴 밤

한 가운데 동네 꼬마
옹기종기 모여 앉아

미소 지으며 옛날 얘기
들려주던 할머니와

소꿉놀이 즐겨 하던
어린 시절 그립구나

하얀 밤

가끔은
잠 못 드는
적막한 기나긴 밤

모래성을
수없이 쌓았다
허물고 또 쌓으면

아침 햇살
창가에서
날 보며 미소 짓네

가을이 떠난 후

아름다운 고운 시절
추억 속에 담아 놓고
소리 없이 떠난
가을아

풍요로 물든
화려했던
네 모습
거리를 방황하면

시리고 아픈
겨울 지나
따사로운
봄비 내리는 날

연둣빛
수줍은 미소로
작은 손 흔들
널 맞이할 날
기다리고 있단다

유랑자

바람 소리 달빛 타고
노래하며 떠도는 밤

부초 같은 나그네의
홀로 가는 인생 역정

과실수에 홀로 달린
열매인 듯 외롭구나

가을이 오는 소리

가을이 오는 소리
여름이 가는 소리
들리시나요?

살며시 눈을 감고 느껴 보세요
상큼하게 부는 바람 속에
가을 향기가 있고

아침을 열어주는
나팔꽃의 고운 미소와
초가을을 노래하는
귀뚜라미 울음 속에
작은 속삭임이 있어요

여름이 가려 한다고
가을이 다가 왔다고

사람을 사랑하는 사람 김정민

영어 강사
사단법인 대한파킨슨병협회 소속
파킨슨병 극복을 위한 활동가
블로그 운영   blog.naver.com/jeongmin417
월례 걷기 운동 희망걷기챌린지
스트라바 자전거 타기 클럽 Team Korea PD 개설
파킨슨병 홍보 만화 <파킨슨병> 공동저자

아주 천천히

앞에 긴 터널이 나타났다. 이 터널로 들어간 사람들 중 아무도
그 끝을 본 사람은 없다. 종착지와 무관하게 이 터널을 반드시
지나야 한다고 한다. 끝의 존재가 한 번도 밝혀지지 않은 터널로
들어가야 한다.

두 다리의 선두를 사이 좋게 번갈아 가며 터널 안의 어두움과 하
나가 되고 있을 때에도, 마음은 아직도 터널 앞에 우두커니 서서
멀어지는 자신을 바라보고 있었다.

"아니야, 거기로 가지마. 돌아와."

"돌아와… 제발 돌아와…"

"어떻게 하지? 가야 하나? 발이 안 떨어져…"

"…"

"왜! 왜! 이길 뿐인데!"

"다른 길은 없어요? 정말 이길 뿐이에요?"

"…"

저 멀리 앞서가고 있을 자신의 형상을 터벅터벅 마음이 천천히 따라간다. 그 둘의 거리가 어땠는지는 모르겠다. 갈림길 없이 드는 빛 하나 없이 오랜 시간 걸어 마음이 자기 자신을 만났을 때, 마음은 혼자서 먼 길 떠나 지치고 피곤한 채 걷고 있는 자신이 안쓰러운 마음에 태어나 처음으로 따뜻하게 안아주었다. 둘 사이의 온기는 한 치 앞도 보이지 않는 그들의 여정에 진정한 친구가 되었다.

이미 나보다 먼저 그 안을 걷던 사람들, 그리도 뒤돌아보니 고독하게 혼자만의 길을 걸어 들어오는 사람들이 보였다. 거부하고 싶은 낯익은 얼굴빛으로 힘겹게 걷는 모습들.

'왜 이렇게 많지?'

마음을 움직인다.

"안녕하세요."

적막을 깬다.
나를 깬다.

지옥, 천국의 또 다른 이름

지옥. 두 글자로 이루어진 이 짧은 단어는 내 삶이 내 마음대로 흘러가지 않을 때 생각났다.

내 화가 무엇 때문인지 알고 싶었다. 우울한 감정을 만끽하며 아직은 오지 않은 다가올 시간의 어느 날에 살고 싶지 않았다. 예상하지 못한 순간에 참을 수 없는 화를 느끼고 분출하려는 나를 보며 처음에는 이 화의 근원을 알고 싶었다.

날마다 오늘은 잘 잤는지 인사 대신 좋은 말로 아침 인사를 해주는 핸드폰 잠금 화면 어플을 받았다. 어쩌다 마음속 한구석에 자리 잡는 문구를 읽으면 다음은 여지없이 눈물을 흘리며 내 힘으로는 무엇도 할 수 없다는 생각에 더 울적해졌다. 이 짧은 한 줄의 문장은 고작 내 고개를 아래위로 두어 차례 움직이며 쓴웃음 짓게 하는 고개 운동 정도를 하게 했다.

전문가와의 심리 상담도 시작했었다. 해도 될까 하는 의구심은 오래지 않아 가랑비에 옷이 젖듯 금전적으로 걱정하는 나를 보게 했다. 무어라도 해야 시간이 가고 또 살아가야 할 이유가 되는 시간이었다.

수녀원에서 며칠을 지내며 독방에 들어가 소리쳤다. 도대체 내가 무엇을 했으면 좋겠냐고, 원하는 것이 무엇이냐고, 그 건물의 사람들이 다 듣고 무슨 일이 일어나는 것이 아닐까 하는 염려를 할 만큼 소리치다 목이 말라 마른기침에 켁켁거리다가 또 소리치다 지쳐 마르지 않는 눈물을 하염없이 흘리며 초점 없는 눈으로 한참을 벽에 기대어 있었다.

지옥이었다. 이겨내려고 하면 할수록 더 지옥과 같았다. 염라대왕을 만나고 내가 생에 한 후회되는 행동들의 심판을 받고 지옥

불에 빠지는 것은 상상하는 것이지만 지금 내가 하는 이 모든 것들이 지옥처럼 불편하고 화나고 싫었다.

사람들이 말하는 인생에서 가장 중요한 건강을 나는 잃었다. 그 건강은 내게 없는데 그래도 내 인생의 최고가 건강이어야 할까? 그런데 그렇게 살면 내가 숨 쉬는 날들은 점점 나빠질 것임이 정해져 있는 것을 알면서도 그것을 쥐고 사는 것은 어리석음상이 있다면 1등은 당연지사일 것이다.

지옥은 그때의 내 마음이었다. 내 안을 보지 않고 남에게 이유를 물었던 고독의 시간, 나의 과거부터 강력계 형사의 집중 조사를 친절하게 내가 손수 자신에게 진행하던 상담은 어쩌면 내가 나를 더 아프게 하는 걸지도 모를 일이었다.

돈, 명예, 건강.

다 중요하지만 가장 중요한 것은 마음이라는 생각이 들었다. 병에 걸렸다고 슬퍼할 일이 아니었다. 땀 흘리며 걷다가 한 줄기 바람에 더 많이 시원하다고 느끼는 일, 저 발끝 땅에 거기 있었는지도 모르게 작은 꽃을 보고는 밟지 않아 다행이라는 마음을 갖는 일, 그리고 마침내 든 생각.

내 마음이 편안하니 그토록 빠져 나오고 싶었던 불구덩이 속은 잔잔한 바람에 일렁이는 풀밭이 되었다. 그곳에 누워 파란 하늘을 배경 삼아 나비와 키 큰 꽃들 그리고 근심, 걱정 없이 가벼워진 내가 함께 그림으로 그려지고 있었다. 지옥이 천국이 되는 순간이었다.

지금도 하루하루 내가 찾아가지 않아도 친절하게 다가와 주는

헬게이트 문을 열고 있을 때도 많다. 하지만 그 문을 닫고 뒤돌아서 내딛는 발걸음은 천국이 드리워진 내 삶으로 나를 데리고 간다. 나의 천국은 내가 죽는 순간까지도 야간 개장이라서 문 닫을 시간을 기다리며 하나라도 더 타고 가야 한다고 나를 재촉하지 않는다. 이미 나는 놀이기구 탑승 중이니까.

'나' 바로 보기

나에게 없는 것을 생각하며 또는 있어도 더 많이 가지고 싶다는 생각이 많아지고 커질수록 나에게 이미 있는 것들을 모를 때가 많다. 그리고 이미 내 것인 것들도 한때는 마치 그것 없이는 무슨 일이라도 나는 것처럼 무척 가지고 싶은 대상이 아니었을까.

이렇게 글을 쓸 때마다 제일 먼저 떠올리는 것은 나의 열 손가락이다. 내 몸에 무슨 일이 일어나고 있는 것이 분명하다는 가설만 가지고 밤새도록 인터넷을 헤집고 돌아다니던 무렵, 내 손가락은 마치 열 개가 하나로 느껴졌다. 강직 때문에 글씨 쓰는 것이 너무 힘들었다. 지금처럼 약의 힘을 빌려 컨디션 좋은 날에는 400타를 넘기는 날렵함은 있을 수가 만무한 상황이었다. 그 이후 나는 스마트폰보다 연필과 샤프가 더 좋아졌다. 비록 많게는 다섯 줄이 넘어가는 글을 써 내려갈 때면 반 이상은 말로 부가되는 설명이 필요하기는 하지만 글씨를 쓸 수 있다는 것 하나가 당연하지 않다는 것을 알게 되었다.

성당의 미사는 여느 종교들과 다르게 본의 아니게 튼튼한 다리를 만들어 주는 시간이 별도로 마련되어 있다. 미사 시간에 기도

문 하나 끝나면 "앉아 주십시오.", "일어나 주십시오."를 앉아서 자리 좀 잡았다 싶으면, 일어나서 균형 좀 잡았다 싶으면 청개구리처럼 시킨다. 하늘 높은 곳에 계신 그분께서 일타이피의 의미로 신앙과 운동을 한큐에 해결해 주시려는 바쁜 현대인들의 기도에 대한 응답이 아닐까 싶다. 성가대였던 나는 미사 보는 한 시간 내내 앞 의자를 잡고 있지 않으면 아마 도중에 넘어지기도 수십 번, 앞 의자, 내 의자, 뒤 의자의 위치도 다 바꿔 놓았겠지. 그러니 두 다리가 멀쩡한 것 또한 감사한 일인지.

세상 것들에 대한 욕심을 버렸다. 그래야만 살 수 있다고 생각했고, 그러고 나니 더 큰 것들이 보였다. 충분히 날 위해서는 치장하고 꾸며 보았다. 필요 없는 것에도 투자해 보았다. 이제는 나누며 살고 싶다. 나 혼자서는 행복할 수 없음을 알게 되었다. 누군가 아플 때 같이 아파 주고, 누군가 마음이 무너질 때 안아주고, 누군가 기뻐할 때 그 사람이 되어 정말 기뻐해 주고 싶다. 나눔은 오히려 그들을 통해 더 큰 평화를 가져오겠지.

지금의 시간이 오기까지 참 많은 감정의 변화를 겪었다. 다 이겨 냈다 싶으면 더 아래로 추락했다. 나의 끝나지 않을 이 여정을 아무 의미 없이 흘러가는 시간으로 두고 싶지 않다. 함께 사는 것, 그것이 내가 사는 길이라 생각한다. 결국에 또 내가 살고자 이기적이 선택이기도 하겠지.

행복이라는 두 글자를 입 밖으로 내보내면 사라질까 두려워하지 않는다. 바라는 것이 이루어지는 삶이 아닌 어떤 길로 가더라도 분명 감사한 일은 또 있을 테니.

내 영혼의 선장

"촛불 같은 사람이 되고 싶어요."

지금 생각해 보면 좌우명을 물어봐 주는 멋진 사람들이 여러 번 내 삶의 한순간을 스쳐 지나갔다. 무슨 이런 고리타분한 질문이 있냐고 하는 사람들도 있겠지만 이런 질문을 받을 때마다 내 대답은 한결같았다. 나의 희생이 다른 사람에게 앞을 볼 수 있는 환함을 선물해 준다는 구체적인 의미보다는 그 어감이 좋았던 듯하다.

오래 전부터 친분을 쌓아오는 관계이건, 어제 처음 만난 소개팅남이건(사실 소개팅보다는 맞선이라는 단어를 사용하는 것이 사회적으로나 개인적 양심적으로나 적절하겠지만 적어도 매우 젊게 살려는 나에게는 천부당 만부당한 말이므로 고개 빳빳하게 들고 나는 당당함을 유지하겠다!) 상관없이 지금 나누고 있는 우리 둘 사이의 공동 화젯거리와는 상관관계가 단 일도 없는 산뜻하고 참신한 질문을 던지곤 한다.

"인생의 최종 목표가 뭐예요?"

이쯤에서 점차 볼륨이 커지는 BGM.
왕 왕 왕 왕 왕 와 와 와 와 왕…

4라는 숫자로 나의 멘탈 세계를 표현할 수나 있을까? 100차원 정도는 되야 명함이라도 내밀 수 있지 않을까?

지구라는 큰 세계에 태어나 시라는 짧은 글로 죽은 후에도 세상을 다녀가는 많은 사람들에게 커다란 영감을 주는 사람을 알게 되었다. 윌리엄 어니스트 헨리(William Ernest Henley).

12살에 겪었던 폐결핵과 뼛속을 파고든 몹쓸 균 때문에 왼쪽 다리 일부를 잘라내야 했지만 그 어떤 신체적 아픔과 고통도 그를 꺾지 못했다. 그의 시, INVICTUS는 '정복되지 않는' 의 의미로, 강하다는 형용사보다 건강하다는 형용사가 더 잘 어울리는 그의 정신력을 대변해주고 있다.

"I am the master of my fate. I am the captain of my soul."

사람의 몸의 70%를 차지하고 있는 것이 물이라는 것을 설명이라도 해주는 거니? 이 구절을 듣는 순간 0.0001초의 기다림도 없이 한줄기 눈물이 흘러내렸다.

삶이란 결국 내 안을 항해하는 여정이라는 생각이 든다. 세상이 존재하고 또 그 세상이 변화하고 발전하고, 그 안에서 사람들은 분주히 살아간다. 같은 외부 환경에 안에서 내가 가지고 있는 색과 내가 생각하는 방향으로 모두가 다른 것을 향하여 키를 돌리고 그 길에 만나는 폭풍우와 싸워나간다. 내가 탄 보트가 얼마나 튼튼하고 견고한지가 아니라, 내가 건너는 이 바다가 평온하고 잔잔하게 나를 내가 향하는 그곳까지 갈 수 있도록 해 주는지가 더 중요하다는 생각이 든다.

망망대해 그 깊이 알 수 없는 바다에서 어느 날 바다거북을 보고는 입고 있던 겉싸개를 벗어 던지고 안아주며 인사하러 직접 물

속으로 들어갈 것인지, 있는지조차 모르고 지나갈 것인지 그 답은 내 안에 있다.

"나는 내가 믿는 것의 주인이고, 나는 내 영혼의 선장이다."

윌리엄 어니스트 헨리처럼 나에게 영감을 주고 깨달음을 주는 사람은 있을 수 있으나, 그것을 영감과 깨달음으로 받아들이는 것은 내가 내 바다를 건너는 배의 키를 잡고 있기 때문이다.

내일, 똑같은 오늘들

찰랑이며 바람에 나부끼는 긴 머리의 청순함을 애써 헬멧 안으로 꼭꼭 숨겨 놓고는 바람도 물도 반듯하게 양분할 것 같이 날씬하고 커다란 두 바퀴를 부드럽게 돌리며, 그러나 슝 지나가면서도 시선이 머무는 가녀린 체구의 그녀들.

지금의 삶 이전의 그 누군가가 되어 타인과 다른 것은 말고 단 하나, 옷깃만 스쳐서였을까? 스치는 사람들로 하여금 지금 무언가 지나갔나 하는 생각에 잠시 잠기게 하는 일명 로드의 여신을 꿈꾸며 단발머리가 너무 잘 어울린다는 찬사에도 불구하고 세상 넓다는 것을 증명하기 위해 불어난 살들로 얼굴의 윤곽을 나타내는 모양과 지난날의 짧은 단발머리가 더 이상 환상의 짝꿍이 아니라는 것을 알면서도 그런 이유를 이름표로 달아주었다.

그렇게 어깨는 넘어 갔지만 아직 여신의 대열에 끼고자 지원서조차 낼 수 없는 어정쩡한 머리 길이로 세상 맞난 것들을 모조리

흡입한 덕분에 불어난 텔레토비 몸은 날씬한 두 바퀴의 노고에 감사해야 함을 한 번 더 고개 숙여 인사하라고 바람 가르는 것을 잠시 중단하고 한강을 바라보는 1인석 평평한 돌 의자에 몸을 맡겼다.

여신을 꿈꾸던 자, 물 위의 여신을 보았다. 보트에 가느다란 줄 하나로 연결되어 바람과 보트와 하나 되어 춤을 추는 듯 그녀는 자전거가 아닌 물 위에서 긴 머리를 나부끼며 물의 평정을 다스리고 있었다. 그리고 한 손을 놓기도 하고, 또 그 상태로 배가 이끄는 대로 유턴을 하기도 했다.

자전거를 타고, 한 손을 놓고, 넘어지지 않고 방향을 바꾸며, 물통을 꺼내 물을 마시고, 두 손을 놓자 마자 흔들리는 자전거에 소스라치게 놀라 다시 핸들을 움켜쥐고, 어느 날 두 손을 놓고 한참을 가게 되고, 예측할 수 없는 돌발 상황에 대처하는 노하우가 순발력 있게 드러나는 일들은 거의 매일 자전거를 타던 나날이 지속 되면서 그런 일들이 우연히 찾아왔다.

물 위에서 춤을 추듯 하늘과 물과 하나가 되던 그녀가 꼭 잡았던 줄에서 한 손을 내려놓는 동작을 한 것이 오늘이 처음이었을까? 똑같은 동작을 반복적으로 하며 보냈을 그녀의 날들이 떠오르자 지난날의 내가 떠올랐다.

같은 일이 한 치의 오차도 없이 정확하게 같은 일들이 반복되는 나날을 보낼지도 모른다. 그러나 한발 물러나서 보면 마치 한 권의 책을 한 손에 움켜쥐고 빠르게 놓아주며 한 장씩 페이지가 바뀔 때마다 분명히 똑같아 보였던 각 장의 그림들이 움직이고 있다.

친구야

어디선가 봤을까?
기억의 허락을 받지 못해
미안하다 친구야

긴 세월 힘든 일 덜어 놓고
지나가는 시간이랑
함께 늙어가면 웃자꾸나

주름살 하나 둘 만들어 내는 것처럼
지나가는 세월
서로 다른 삶을 꾸며가는 동안

함께 있어 즐거운 친구
늘 옆에 있어 웃을 수 있는 마음
항상 건강하길 바랄 뿐이라네 고맙다 친구야

雲川 방진명

살았던 곳 : 충남 서천
지금 사는 곳 : 서울
하고 있는 것 : 옥외광고 디자인
하고 싶은 것 : 시를 쓰며 가슴으로 듣는다
010-7766-8482

하늘의 쉼터

하얗게 보이는 게
내 눈이 그리
보이라 하고

빼앗긴 곳에서
눈을 띠지 못하고
파란 곳에서 놀다 가라 하네

높고 높은 곳이라
발걸음 필요 없다
마음만 달라 하고

바람에 실은 구름처럼
먼 날
꿈을 깨는 쉼터라 하네

길

잃어버린 삶이
잊었던 곳에
몸부림을 친다

없어지는 꿈 찾으려
떠났던 시간
여정이 되어 가고

텃밭이 되어가는 길
기억 속에 있지만
있는 게 없구나

길이 아닌 인생
떠난 삶
잃어버리면 살아가네!

추억 하나

꿈틀대는 기억
어둠에서
별이 되어 가려니

그날이
등불처럼
이야기 꽃이 되어 가고

살았던 곳에
남은 발자국
화석처럼 되어 가려니

외길은
별빛이 떨어지는 것처럼
추억하나 들고 가네

단풍 사랑

팔경에 눈이 녹아
감출 수 없는 내심이
한 폭의 그림에 주저앉는다

먹물로 펼쳐놓은 색색들이
이상을 찾아 떠나는 야심에
정취를 느끼는 정자에 몸을 담그니

노 젓는 물살에 붉게 물든 나뭇잎이
새색시 얼굴이냐 바라보고 있잖았니
부끄러운 듯 면사포를 덮고 있다

가을사랑 떠나는 설렘은
붉게 물든 단풍잎처럼
햇살 떨어지듯 물들어가네!

他鄉

他鄉 백 년 갔지만
꿈의 향수는
햇살 같아 그리움만 있더라

백 년 같은 지인이지만
의지할 수 있어도
꽃잎 같아 마음을 채울 수 없더라

세월이 묻혀 있는
꿈틀거리는 故鄉
가슴에 새겨놓은 희망이더라

늘 그러했지만
그리움만 쌓여 있는 향수들이
오늘따라 코끝에 나부끼네

急死

너를 알았던
사십 년이
무겁게 지나가는군요

늙어가는 모습 보았으면
아쉬움도
눈물에 담아가고

생각조차 잊었던 생각
떠오르는 모습
그대인가?

눈물 고인 이른 아침
답답한 마음 추스르고
너를 한번 보고 싶구나

가을 하늘

마음이 열리는 곳에
내려놓을 수 있어
가을이 멋이 있더라

티 없는 얼굴
해 맑은 웃음을 띠고
손짓하는 하늘이 있어 더 좋더라

가을이여
돛단배 지나가는 날
이 몸 태우고 가시옵소서

맑고 고운 하늘
잠자리채 들고
웃는 미소 잡고 싶구나!

내 사랑 당신에게

보고 보고 싶은 그대
가슴이 저려
멍이 되어 울고 있어요

보고 보고 싶은 사랑
따뜻한 마음
새싹에 열매를 맺고

맡고 맡고 싶은 향기
기억에 맴도는
회오리 같은 향기

그대의 머릿결에 꽃이 피는
내 사랑의 열정
그대가 있어 꽃이 되었네

나니까 살지

고맙다 고마워
나니까
내가 너하고 웃으며 살아가나 봐

고마워 고마워요
나니까
내가 너하고 사랑을 느끼면 살아가나 봐요

한평생 얼마나 한다고
돈 전 한 잎뿐인 인생
서로 의지하며 살아가요

고맙다 고마워
나니까 살지
누가 나하고 살아가겠어~

밥~돌이

하루 세끼
찾아오는 행복
꿀 같은 밥상

배고파
찾아오는 행복
맛 나는 밥상

밥 돌이
찾아오는 행복
사랑의 키스처럼

하루 세끼
행복이 찾아가는 날
당신을 사랑합니다.

빼빼로 사랑

하나 더 하나 사랑
사랑이 더해
사랑이 싹이 트고

하나 뺀 하나 사랑
사랑을 빼도
사랑이 싹이 트네

영원한
우리들의 사랑
사랑이 더 하나 사랑

나란히 걸어
더도 덜도 아닌 사랑
사랑이 싹이 트네

잔소리

밤낮으로
장소 불문
귀에 들려온다

사랑이 너무 익어
꽃들이
향기를 잃어가니

약수처럼
햇살 가득 채워
나뭇잎 띄우고 싶은 날

그대의 사랑이
빨갛게 피어
가을 하늘처럼 웃으면 좋겠네

사랑 사랑

늘어가는 날
늘어
주름이 생기고

삶이
그리움에
사랑 사랑하니

늘어가는 게
하루하루
향수처럼

인생이 꿈
늘어
사랑 사랑이라

꽃무늬 물들인 빗방울

처마 밑
고인 물방울
대롱대롱

가을 마시고
울음보따리
풀고 있다

처마 밑
가을 꽃무늬
가슴에 두근두근

빗방울 떨어지는
가을 옆에
오손 도손 함께 물드네

사랑합니다

그대의 사랑
꽃잎에
꽃이 피었습니다

가슴에 핀 꽃
따뜻한 사랑
꽃이 피었습니다

그대를 위한 사랑
웃음꽃
활짝 피었습니다

아름다운 그대 곁에
머무른 사랑
그대를 사랑합니다

수상한 여인

변덕이 심한
그녀의
야릇한 욕심

안개 낀 눈송이에
손길이
어둠의 상가를 따라가고

흘러나오는 노랫소리
야릇한 그녀의 표정
가슴에 속삭이고

변덕이 심한 욕심
그녀의 하루
기쁨의 혼을 쏙 빼놓습니다

사랑이 찾아오는 날

느낄 수 있었던
옛날
그 마음일까

늙어도 뛰는 가슴
한 곳에
머무르는 사랑

플라토닉 러브
그대의 사랑
넘쳐흐르고

그녀의
마음과 영혼이
가슴을 두드립니다.

인생의 삶

자신을 버리려
지우지만
욕심이 남아 있고

자신을 버리려
불태우지만
존재감이 있다

자신을 버리려
던지지만
자존심이 남아 있고

삶의 행복
무엇으로 채우려
살아 가리리

향기로운 곳에

겨울잠 들어가는 하늘이
꽃 단장 하고
마냥 즐거워한다

마법의 마음처럼
그대 곁에
꽃이 되어

바람의 향기
구름이 되어
그대 곁에 머무르니

사랑의 돛단배
물결처럼
굽이굽이 흘러가네

낙엽 사랑

바람이 속삭이는 곳에
낙엽이 춤을 추며
그리움을 부르고 있습니다

노랗게 노오랗게
물들인 맘처럼
구름이 되어 떠다니고

빨갛게 빠알갛게
두 뺨에 물들이며
사랑을 두드리고 있지요

가을사랑
가을이 되어 찾은 임처럼
낙엽 사랑 한 아름 담으며
그대 이름 부르네!

가을

가고픈 가을
향수에 이끌려
구름이 되어가니 하얗고

담고 싶은 가을
햇살에 이끌려
나뭇잎이 되어가니 붉어지네

미소 짓는 가을
그대에 끌려
내 마음 뺏기니 설렌다

가을이기에 찾아가려니
나부끼는 추억들이
물들어 손짓하는군요.

가을 사랑

사랑하기에
그대를
꽃처럼 좋아했습니다

당신이기에
사랑을
햇살처럼 좋아했습니다

내 마음 깊숙이 터를 잡고
꽃송이 피울 때마다
그대를 사랑했습니다

당신이 건네준 사랑
두근거린 내 마음에
눈부신 그대가 있습니다.

내 사랑

외롭지만 외로웠던
그런 슬픔이
보고 싶기도 합니다

떠났지만 떠났던
그런 아픔이
그립기도 합니다

익숙했던 얼굴
설레던 그 날을 떠올리며
묵었던 기억이기에

혼자지만 혼자 했던
그런 사랑
첫사랑처럼 사랑합니다.

미소 짓는 아침

바라만 볼 수 있다면
눈으로 만 보이고
가슴으로 느낀다

꾸미는 모습이 없이
몸짓 하나로
어둠을 깨우고

한 바구니 담은 미소
보석 같은 햇살
찰랑찰랑 웃는다

바라만 볼 수 있는 미소
눈으로만 담을 수 있어
그대가 그저 좋더라

서울 정도 626년 서울(한양)아리랑의 멋진 부활

자연치유학 박사

사단법인 서울아리랑보존회 이사장

경기대 AMP 아리랑음악치유 교수

중요무형문화재 제29호 서도소리 이수자

전북무형문화재 제15호 호남살풀이 이수자

서울아리랑예술단 단장

아리랑치유의 노래 부르면 건강해진다 外

소논문 17편 발표

프로필

유명옥은 국악인이며 자연치유학박사이다. (사)서울아리랑보존회 이사장, 서도소리, 호남살풀이 이수자로 실기를 익힌 예능인이며 학자이다. 서울아리랑 3곡(자즌아리랑, 긴아리랑, 본조아리랑)과 전통민요 2곡(한오백년,서울제정선아리랑), 창작곡(명성황후아리랑 등)11곡을 포함한 서울아리랑 음반을 제작하였다.

서울아리랑 발표회 11회, 찾아가는 서울아리랑 12회 등 200여회 공연을 했고, <서울아리랑예술제>10회 주최로 서울아리랑의 위상을 높였다. 우즈베키스탄, 중국, 일본, 러시아, 벨기에, 독일 등 해외 공연을 했고, 2017년 일제강제징용희생자 노제를 서울아리랑보존회 주최로 탑골공원에서 노제를 지냈으며, 2018년 3.1절에는 남북이 공동주최하는 일제강제징용희생자 유해 봉환차 일본을 직접 방문하여 징용아리랑 공연으로 재외동포와 관람객들을 울리며 유해를 직접 모시고 왔다.

사단법인 서울아리랑보존회는 서울시 25개 지부와 지방의 7개 지부로 구성되어 있으며, 총회원은 자문위원 포함 100여명이다. 서울아리랑 전수생은 20여명이 활동하고 있다.

저서는 아리랑선무가 인체의 생리대사에 미치는 영향
박사논문 외 소논문 17편 발표
아리랑치유의 노래 부르면 건강해진다
아리랑과 함께 내 손을 약손으로 등이 있다.

들어가며

올해가 한양 정도 626년이다. 필자는 서울아리랑에 대한 인식과 가치를 달리 할 필요가 있어 근원을 찾아 나섰다. 서울아리랑은 서울지역에서 형성된 아리랑을 말한다. 자즌아리랑, 긴아리랑, 영화주제가(본조)아리랑이 서울아리랑이다. 아리랑 최초로 채보한 헐버트 박사[1]는 고종의 밀사로 서울에서 활동을 했고, 자즌아리랑을 맨 처음 기록한 이상준[2]도 서울에서 활동을 했다. 영화주제가아리랑 역시 서울의 단성사에서 처음 상영을 했고 노래 역시 경토리로 전형적인 서울노래이다.

 서울(한양)아리랑의 형성과정과 기록이 정확하고, 유적지가 서울에 남아 있다. 아라리에서 아리랑으로 변이가 되는 아주 중요한 연결고리가 서울아리랑이다. 1394년 수도를 옮겨 한양으로 이름하고 일제강점기를 거치며 경성으로 불리다가 1945년 해방 이후 서울로 불리는 과정의 민초들의 삶이 서울아리랑 가사에 다 있다. 짚 박물관도 있고, 쌀 박물관도 있고 하물며 무속인 박물관도 있는데 **서울의 아리랑박물관이 없다는 것은 서울시의 부끄럼이다.** '너무 쉽다'는 이유로 조선의 양반 지식층으로부터 천대와 괄시를 받던 한글이 400년이 지나서야 눈밝은 외국인에 의하여 진가를 찾았듯이 서울아리랑 역시 '너무 흔하다'는 이유로 이름만 문화재로 지정해 놓은 채 관리가 되지 않는 것은 선조들이나 후손들에게 미안할 일이다. 진정 생활 속의 문화 유산은 바로 서울(한양)아리랑이다.

---

1) 고종의 밀사. 외국인 선교사. 독립운동가. 한국인보다 한국을 더 사랑한 외국인
2) 새문안교회 성가대 지휘자로 있었으며 일본어를 하지 않은 것으로도 유명하다.

서울에서 생성된 서울아리랑은 서울을 대표하는 서울의 소중한 문화유산이며, 서울의 지역성이 묻어나는 서울의 토리를 가진 아리랑으로 서울의 역사이고, 서울의 아이콘이다. 역사성, 예술성, 학술성을 기반으로 책임 있는 전승 환경이 조성되고 자랑스러운 문화유산이 치유와 수련 더 나아가 산업과 외교의 도구로 유용하게 쓰이길 간절히 염원한다.

2020. 11. 21 유명옥

서울(한양)아리랑 차례

1. 서울(한양)아리랑의 정의

서울(한양)아리랑은 서울 지역(경기 포함)을 기반으로 형성된 아리랑을 말한다. 1392년 7월17일 개경 수창궁에서 조선을 개국한 태조는 1393년 2월 15일 국호를 <조선朝鮮>으로 공포한다. 명당을 찾아 한양으로 옮긴 다음 종묘와 경복궁을 짓고 북악산, 낙산, 인왕산, 남산 등에 성을 쌓으니 1394년 11월 21일이다. 새수도 한양은 지금의 서울이다. 올해로 한양 천도 626년이다. 서울(한양)아리랑의 멋진 부활을 예고하며 근원을 찾아본다.

* 뒷 페이지(136쪽)의 주석임 ▷

3) 김태준외 아리랑문화. 박이정 2012, P213
4) 아라리, 잦은아라리, 엮음아라리을 강원도 향토민요 아리랑으로, 밀양아리랑을 통속민요 경상아리랑으로, 진도아리랑을 전라도 통속민요 아리랑으로 분류했다
5) 경기아리랑의 형성과 전승연구 석사논문 김경아 P10.

2. 서울(한양)아리랑의 범위

결론부터 말하자면 현재의 서울아리랑은 자즌아리랑, 긴아리랑, 주제가(본조)아리랑이다.

2005~2006년 문화재청이 주관한 <아리랑종합전승 실태 조사보고서>에서 긴아리랑, 자즌아리랑, 주제가(본조)아리랑 3종만을 통속민요 경기아리랑으로 규정했다.

2012년 김태준 외 <한국의 아리랑문화>[3]에서 구아리랑, 긴아리랑, 강원도아리랑, 본조아리랑, 한오백년, 서울제정선아리랑 6종으로 제시했다.[4] 그러나 강원도아리랑은 잦은아라리를 통속민요화 한 것이므로 강원도아리랑에 속해야 하고 한오백년은 아리랑이라는 후렴을 부르지 않는다는 점에서 아리랑에서 제외한다.[5]

그래서 **서울(한양)아리랑은 3종이다**

1) **<자즌아리랑>**(구(舊)아리랑)은 1896년 H. B. 헐버트가 오선보로 채보한 <A-ra-rung>으로 일명 <헐버트 채보 아리랑>이다. 이는 역사적 가치가 높은 토속 '아라리'에서 서울의 토리로 형성된 통속형 아리랑의 첫 사례이다.

2) **<긴아리랑>**(長調아리랑)은 18세기말 ~ 19세기 초 한양에서 활동했던 전문소리꾼들로 형성돼 예술성이 돋보이고 기교가 발휘된 격조 있는 유일한 좌창 계열의 아리랑이다.

3) **<주제가(본조)아리랑>**(서울아리랑/신아리랑 등 이름이 다양한) 본조아리랑은 한민족의 옛 서울을 상징한 영화주제가로 탄생배경이 구체적으로 밝혀져 있다.

3. 서울(한양)아리랑의 역사 [6]

<서울. 경기아리랑의 형성도>

아리
백두대간 동해안 일대
↓
아라리
함경 강원 경상
↓
'아리' 또는 '아라리' 여음 노래
경기 충북 전북 일부
↓
문경새재소리(아라리)-전파
↓
경복궁 중건 7년
전국 동원 부역군
공사 담당 관리
공사장 잡역부
장악원(掌樂院) 악공
선소리산타령패
대원군 동원 유랑연예집단
↓ → 한양아리랑
경기 자즌아리랑(舊아리랑/舊調아리랑/경기잡가 아리랑
/아리랑打令)
↓
경기 긴아리랑(卵卵打令/長調아리랑/경기잡가긴아리랑)
↓
주제가(본조)아리랑(주제가아리랑/서울경기아리랑/신아리랑
/아리랑)
↓
→ 신아리랑

---

6) 경기아리랑의 형성과 전승 연구. 일부참고 김경아 P38~39

아리랑에 대한 어원이나 시원은 여러 가지 설이나 주장에 따라 나름대로의 해석을 달리하고 있으며 또 우리가 알고 있는 훨씬 이전의 아리랑이 있을 것으로 추정을 한다.

멀게는 고대의 신화(여랑:강물을 안전하게 건네주는 신성한 아가씨)에서부터 고조선의 홍익인간으로 삼한시대를 지나 삼국시대로 고려시대를 거쳐 오늘에 이르기까지 민족종교인 대종교에도, 성경에도, 계룡산에도 아리랑으로 추정되는 설은 있다. 그러나 추정일 뿐 증명해 보일 길이 아직은 없으니 인문학자들의 추후의 과제로 남기고 필자는 서울아리랑보존회 이사장으로 서울아리랑의 기원을 찾아 보기로 한다.

우선 1790년 발행된 <만천유고> 속의 <농부사>에서 경기지역의 농부생활상을 기록하는 가운데 농요의 후렴에 '아리랑'의 유사음 '아노농'의 기록이 있고, 1860년대 <매천야록>의 기록에 고종과 민비가 <아리랑타령>을 즐겼다는 기록이 있으며, <한양5백년가>에서는 경복궁중수 공사장에서 부역꾼들이 아리랑타령을 구슬프게 불렀다는 기록 등이 있다.

이런 기록으로 보아 서울경기(한양) 아리랑이 있었음은 알 수 있지만 유감스럽게도 노랫말이나 곡조에 대한 기록이 없어 지금에 와서 재현을 시킬 방법이 없다. 그래서 필자는 정확하게 문헌에 나와 있는 서울의 아리랑을 그 시작으로 본다. 그리고 우리가 추정하고 있는 것들이 정확한 기록이나 고증으로 확인이 된다면 언제든 다시 수정하여 기록해 갈 것이다.

1886년 고종의 밀사였던 선교사 헐버트가 고국의 동생에게 보낸 편지[7]에서 아리랑은 가사가 소개가 되었다. 그리고 10년 후인 1896년 2월에 <The Korea Repository(조선유기)>에 실린 H.B 헐버트의 채보로 서양 악보에 아르렁타령이라는 이름으로 소개가 되었으니 이때를 기점으로 한다. 당시의 유행했던 아르렁타령(자즌아리랑)을 모곡으로 하여 외국인 선교사가 아이들의 노래소리를 듣고 악보화한 것으로 서울(한양)지역에서 채보가 된 최초의 아리랑이다. 3/4분의 악보를 2/4로 표시하긴 했어도 분명히 그 명칭이 <아르랑> 이고 후렴 또한 <아르랑 얼싸 배 띄워라>로 분명한 아리랑이다.

지금까지 학계에서 서울경기지역에서 형성된 첫 아리랑은 자즌아리랑(구아리랑)으로 보는 것이 다수설이며 아라리와 아리랑으로 연결되는 아리랑의 첫 모습임은 분명하고 아주 중요한 아리랑의 역사이다.

헐버트 채보 아리랑(1896 Korean Vocal Music)

7) 경기아리랑의 형성과 전승 연구. 일부참고 김경아 P38~39

다음은 18년 후인 <조선 속곡집(朝鮮俗曲集)上>이다. 이 자료집은 1914년 이상준에 의해 편집이 된다. 제25쪽에 나오는 '아르렁타령'이란 제목의 가사 2절과 악보가 실려 있으며 이 악보와 가사 말은 18년이라는 시차가 있음에도 H.B 헐버트 채보의 자료와 노랫말이 거의 같다는 점이다. 헐버트는 선교사이면서고종의 밀사로 주로 서울(한양)에서 생활을 했고. 이상준 역시 서울에서 활동을 했으니 서울. 경기지역의 아리랑이라고 간주해도무방한 것이다.

이상준채보아리랑(1914년 조선 속곡집)

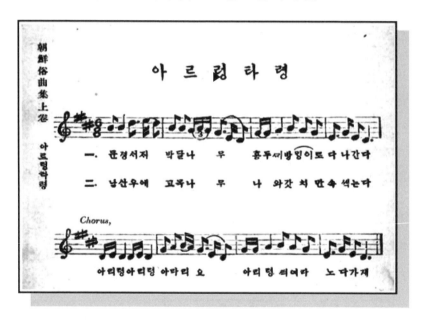

▶ **도제** : 1896년 고종 33년 을미개혁의 일환으로 팔도 중 남부 3개 도와
　　　　 북부 2개 도를 남북도로 나눔
▶ 경기도 , 강원도 , 경상남도 , 경상북도 , 전라남도 , 전라북도 , 충청남도 ,
　 충청북도 , 평안남도 , 평안북도 , 함경남도, 함경북도, 황해도

경기지역에서 잡가적 성격을 띤 긴 아리랑은 서울경기지역 동시대 전문 음악인들의 기교가 발휘된 격조 높은 아리랑이다. 전문 음악인들에 의해서 형성되고 전승되었다는 점에서 1920년대 음반과 잡가집에서 긴 아리랑의 장르명은 잡가 또는 속요라고 표기했다. 민요보다는 격이 있는 장르로 본 결과이다. 긴 아리랑의 출현은 1900년대 들어서이다. 경복궁 중건을 계기로 형성된 자즌아리랑이 유행을 하자 이에 자극을 받은 잡가계 전문 음악인들이 경토리의 아리랑을 만들어 낸 것이다. 전문가적인 성음으로만 부를 수 있는 완성도 높은 아리랑이다.

긴아리랑은 1914년 이상준의 조선속곡집 상上으로부터 출현한다. 곡명은 긴 아르렁 타령에 부제로 정차장타령이라고 했다. 이 시기에 자즌아리랑은 아리랑으로 표기되던 시기였으니 긴 아리랑으로 구분하여 부르게 되었다.

긴 아리랑

채보.편곡 윤은화
노래 유명옥

주제가(본조)아리랑은 1926년 10월 1일 극장 단성에서 개봉된 영화아리랑 주제가로 탄생한다. 조선총독부 기념식을 방해하기 위해 만들어진 이 영화는 일제하의 민족적 상황과 결부되어 대단한 인기를 끌었다. 감독 나운규[8]의 증언에 의하면 고향 회령에서 남쪽의 철도 노동자들이 부르는 자즌아리랑을 듣고 가슴에 담았다가 주제가로 편곡을 했다고 한다. 자즌아리랑이 모태가 된 이 아리랑은 형질상 민요임이 분명하다. 작곡은 김영환이다.

일제의 탄압을 사실적으로 묘사하여 가사를 삭제 당하고 전단지를 압수당하고 음반 취입에 제한을 받았으니 항일적인 독립운동의 성격을 가진 영화이다. 기록이나 음반에 나타나는 곡명은 매우 다양하여 본조아리랑. 아리랑, 신조아리랑, 경기아리랑, 서울아리랑, 영화소패아리랑, 주제가아리랑, 영화아리랑 등이다.
영화와 함께 전국은 물론 조국을 떠나는 동포들, 일제강제징용자들, 위안부, 독립군, 광복군, 농부들, 어부들, 화전민, 선교사, 심지어 군대의 암호까지 그것도 모자라 역병의 부적으로도 쓰일 만큼 모두 각자의 사연을 담아 사설을 만들었으니 전형적인 민요의 생태임은 명확하다.

본조라 함은 모든 아리랑의 원형이나 근본이라는 의미가 아니라 서울지방의 음악 어법을 지닌 주된 아리랑이라는 의미이다.

---

8) 춘사 나운규는 독립운동가이며 민족을 대표하는 영화인이다

그러나 이름대로 이전의 모든 아라리와 아리랑을 아우를 수 있는 아리랑이다.

현재에도 세계인이 알고 사랑하는 노래이며 세계에서 가장 아름다운 노래로 선정되었고, 본조아리랑이라는 위상을 누리고 있는 노래이다. 그 중심에 있는 아리랑이 서울(한양)아리랑이다.
인류음악치유역사에 있어서 우리의 <영화아리랑> 만큼 오랜 기간 상영되며 많은 사람들의 울분과 가슴앓이를 동시에 치유해준 예는 찾아보기가 힘들고 앞으로도 쉽지 않을 것 같다.

세계적인 팝 작곡가 폴 모리가 이끄는 폴모리악단이 연주한 감미로운 경음악 아리랑은 우리 맘을 아주 편안하게 해준다. 관현악과의 절묘하고 멋진 조화가 신기하게도 영혼의 울림을 준다.
일제 강점기에 숨죽여 피 울음을 삼키며 꺼이꺼이 부르던 그 가락이 원怨과 한恨을 스스로 걸러버리고 정화되어 우리 앞에 환생한 느낌이다.

1926년 10월 1일 영화아리랑의 주제가 아리랑의 존재를 알린 첫 기록을 보자.

개봉 당일 조선일보 광고에 담긴 사설과 후렴이다. [9]
"눈물의 아리랑, 웃음의 아리랑/
막걸리아리랑, 북구의 아리랑/
춤추며 아리랑, 보내며 아리랑, 떠나며 아리랑
보라 ! 이 눈물의 하소연!
일대 농촌비시(一大 農村悲詩)
누구나 보아 둘 훌륭한 사진
오너라 보아라!

아리랑 아리랑 아라리요
아리랑 고개를 넘어간다
문전의 옥답은 다 어데 두고 쪽박의 신세가 웬 말이냐"
그런데 이 사설은 개봉 당일 극장에서 부르지 못했다.
광고 선전지 1만 매를 압수당한 것이다.
노래 중에 공안을 방해할 요소가 있으므로 경찰당국이 압수했다
는 것이다. 이후 주제가 아리랑에서 "문전의 옥답은 다 어데 가
고 동냥의 쪽박이 웬 말이냐"를 제외한 4절이 정형화 되었다. 이
러한 탄압이 오히려 이 영화나 주제가를 확산시키는데 영향을
주었다. 극장은 물론 행사장이나 가설극장, 농촌 학교운동장 [10]
등에서 주야로 상영이 되었다.

9) 조선일보 1926. 10. 1일 광고면
10) 아리랑 치유의 노래 부르면 건강해진다. 유명옥 P55

"화면도 울고 변사도 울고 관중도 다같이 흐느껴 그칠 줄을 모른다. 영화는 끝나고 객석에 전등이 켜졌으나 관객들은 자리에서 일어날 줄을 모른다" 대단원 장면의 증언이다.

영화가 상영되고 2년 뒤인 1928년 "요사이는 아리랑타령이 어찌나 유행하는지 밥 짓는 어멈도 아리랑, 공부하는 학생도 아리랑, 젓 냄새 나는 어린아이도 아리랑을 부른다"라고 했을 정도이고 당시 시사만화에서는 "화장실에서도 장례식장에서도 아리랑이 불린다"[11]고 했을 정도이다.

무성영화의 특성상 변사의 능력이 영화의 내용을 극적으로 심화시키며 관객들과 공감을 했고 이야기 줄거리가 바뀔 때마다 각각의 다른 가사로 만들어 배치하니 '나의 영화. 나의 이야기'로 인식하여 나라 잃은 설움과 고단한 삶을 울음으로 풀어내는 울음

---

11) 월간 <별건곤> 1928. 12 (경기아리랑의 형성과 전승연구 재인용)

치유이고 감동 치유였던 것이다.

'아리랑고개를 넘어 간다'는 것은 지금의 고생스런 삶을 포기하지 않고 더 나은 세상을 향해 간다는 의지이기도 했다. 그랬다. 아리랑은 살아남기 위해서 불렀던 생명의 노래였다, 가슴의 울분과 홧병을 몰아내는 노래였다. 고단한 삶을 어루만지는 정신과 영혼을 치유해주는 노래였다. 장차 다가올 꿈과 희망의 노래였다. 그래서 그 아리랑고개는 실제의 고개가 아니고 가슴속에 있는 고개였다. 우리가 어려웠던 시절 우리 조상님들이 살면서 넘었던 보릿고개요, 사랑하는 조국을 빼앗기고 만주나 중국으로 이민을 가면서 넘던 절망의 고개요, 일제강점기에 독립을 위하여 싸우며 마음을 달래던 고개요, 강제로 사할린으로 이주를 당해서 따뜻한 조국을 그리며 겨울을 넘기던 죽음과도 같던 고개요, 독일의 광부로 간호사로 조국 근대화의 밀알이 되었던 언니 오빠들의 희망의 고개이며, 청춘을 다 바쳐 논밭 팔아 자식 뒷바라지 하던 우리 부모님의 꿈과 소망의 고개이다. 얼마 전 서슬퍼렇던 금융위기 IMF가 아리랑 고개이고, 하루에 500명이 나오는 역병(코로나19) 3차 유행이 도는 지금이[12] 아리랑고개이다.

경제 용어의 손익분기점. 또는 군사분계선 같은 한계선이나 고비를 의미하는 내 마음의 고개이다.

그 고개는 이기고 넘어가야 하는 고개이기도 하지만 건강은 위험 수위를 넘지 말아야 하는 고개이기도 하다.

---

12) 유명옥 <아리랑 치유의 노래 부르면 건강해진다> 일부 인용

4. 서울(한양)아리랑의 가사

아리랑(亞里郎)타령 [13]

후렴-아리랑 아리랑 아라리요/ 아리랑 띄여라 노다 가게

① 문경새재 박달나무/ 홍두깨 방망이로 다 나간다

② 뒷동산에 박달 나무/ 길마 까치로 다 나간다

③ 아리랑 타령을 썩 잘하면/ 가던 아가씨가 돌아선다

④ 남산 밑헤 장충단을 짓고/ 군악대장단에 밧드러 총만 한다

⑤ 아리랑고개에 정거장을 짓고/ 정든 님 오기만 고대로다

---

13) 이상준(李尙俊), 「朝鮮俗歌」, 博文書館·1921, p.43~44

헐버트 아리랑 사설

후렴-아르랑 아르랑 아라리오/ 아르랑 얼싸 배 띄어라

① 문경새재 박달나무/ 홍두깨 방망이로 다 나간다
② 정든 님 이별에 가슴 미어지네/
　　허리를 부여잡아도 님은 돌아서 가네
③ 호랑나비 날개에 실어/
　　바람 부 는 언덕으로 날 데려다 주오
④ 님과의 이별은 두렵고 슬퍼요/
　　돌아올 님 기다려 낙루낙루 한다

태극기 앞에서 아리랑을 부르는 유명옥 이사장

긴아리랑 사설 (1914 이상준 조선속곡집)
후렴-아리랑 아리랑 아라리로구료/
　　　아리랑 아리얼수 아라리로구료

① 만경창파 거기 둥둥 떠가는 배야 어딧 배냐 닷주어라 말
② 앞 강에 뜬 배는 낚시질 배요 뒷 강에 뜬 배는 님 실은 배라
③ 아리랑 고개에다 정거장을 짓고/　정든 님 오기 고대고대
　　한다.
④ 기차는 가자고 윈 고동을 트는데 님에나 팔을 잡고 낙루한다

아리랑 자료 앞에서　유명옥 이사장

주제가아리랑 사설

후렴-아리랑 아리랑 아라리요/ 아리랑고개를 넘어 간다

① 나를 버리고 가시는 님은/ 십 리도 못 가서 발병 난다

② 청천 하늘에 별도 많고/ 우리네 살림살이 말도 많다

③ 풍년이 온다네 풍년이 와요/ 이강산 삼천리 풍년이 와요

④ 산천에 초목은 젊어나 가고/ 인간에 청춘은 늙어가네

⑤ 문전에 옥답은 다 어디로 가고/ 동냥의 쪽박이 웬 말인가

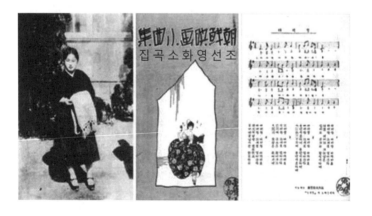

1929년 4월 발간한 '조선영화소곡집'에 실린 가수 유경이의 사진(왼쪽)과
조선영화소곡집'[집곡소화영선조] 표지(가운데), 영화 주제가 '아리랑'의 악
보와 가사. 가수 유경이 사진 밑엔 '스테이지에서 노래한 분입니다'라고 적혀
있다. /한겨레아리랑연합회 제공

5. 서울(한양)아리랑의 음악적 요소

자즌아리랑의 최초의 채보는 1914년 조선속곡집에 상권에 D장
조로 수록되어 있다. 경토리 구조아리랑 음계 도-레-미-파-솔
-라이다. 음이 비교적 단순하며 시김새도 많지 않아 오늘날까
지 큰 변화 없이 전승되고 있다.

긴아리랑은 느린 장단과 수심가 토리가 섞인 경토리계 잡가이다.
소리로서 솔·라·도·레·미 의 5음을 불규칙한 장단으로 부른다.
종지는 '도'에서 '솔'로 점차 하행하는 형태이다. 한 음을 길게
부르다가 섬세한 장식음을 사용하여 아래로 흘려 애조를 준다.
긴 호흡으로 불러내는 긴아리랑은 음역이 넓어 어렵기는 하지
만 더없이 좋은 수련곡이다.

주제가(본조)아리랑은 서정적인 노래로 구성음은 일반적인 민요
의 특성인 5음 음계 경토리이다.

'뉴트로아리랑공연' 중에서 유명옥 이사장

주제가(본조)아리랑을 처음 채보한 것은 1929년 이상준으로「조선속곡집」하권[14)에 수록했다. 이에 의하면 G調 6/8박자로 하였다. 2줄 8마디로 구성된 오선보와 숫자보의 악보이다. 주제가<아리랑>을 G조 6/8박자로 채보한 것은 거의 유일하다.

세마치장단은 3소박3박의 구조를 가지고 있어, 박을 한둘셋/둘둘셋/셋둘셋의 3박이다. 덩 덩따 쿵따 장단이 주는 리듬감으로 흥겨움을 자아낸다. 그러나 중모리장단으로 느리게 부르면 매우 서정적인 곡이 된다.[15) 서양 악기든 국악기에 의해서든 표현이 가능한 곡이다. 서양음악을 하는 이상준이 일본어를 하지 않았다고 하는데 굳이 세마치 장단으로 채보를 한 것도 민족성을 살리려는 애국심의 결과라고 본다.

개봉 때는 어린 가수 유경이가 3/4박자 서양 악보로 단성사 악대의 반주로 불러 크게 호응을 얻었다. 3/4박자 왈쯔풍의 서정적인 구성음은 경기민요의 일반적인 특성인 5음 음계 경토리이다. 영화가 전국적으로 상영되고 인기가 최고일 때인 1929년을 전후해서 '주제가아리랑'이 아닌 독립적인 노래 '아리랑'으로 평가를 받기도 했다. 거의 모든 창가집의 앞부분에 위치하고, 대표적인 음반사도 명창을 동원하여 취입하고, 방송에서도 인기를 얻었다. 애국가의 작곡자 안익태는 3/4박자의 왈츠풍으로 해외에 알리기도 했다.

---

14) 이상준,「조선속곡집」하권, 삼환출판사, 1929, p.16
15) 김태준 외,「한국의 아리랑문화」, 2011, p.375

6. 서울(한양)아리랑의 유적지

> 헐버트묘역
> 성악연구소
> 단성사
> 운현궁
> 남산
> 은고개

헐버트묘역 ▷

남산장충단 ▷

◁ 은고개

문자보급가(文字普及歌)

우리나 강산에 방방곡곡/새살림 소리가 넘쳐나네

에-헤 에헤야 우렁차다/글 소경 없애란 소리 높다

아리랑 아리랑 아라리요/아리랑 고개로 넘어간다

아리랑 고개는 별고개라요/이 세상 문맹은 못 넘긴다네

공중에 가고 오는 저 비행기/산천이 우렁찬 저 기차는

우리 님 소식도 알겠건만/문맹에 속타는 이 가슴아

한밤이 대낮 된 오늘날에도/눈뜨고 못 봄은 어인 일이냐

배우자 배우자 어서 배우자/아는 것이 힘이요 배워야 산다

종두선전가(種痘宣傳歌)

아리랑 아리랑 아라리가 났네/아리랑 고개를 넘어간다

호열자 염병엔 예방주사/마- 마 홍역엔 우두넛키

천하에 일색인 양귀비도/마 - 마 한번에 곰보 된다

천하장사 백두장사도 /마마 한번에 쓰러진다

천연두마마가 돌고 돌아도/ 호환 마마엔 우두 맞기

아미영일가 아리랑(명성황후아리랑)

아리랑 아리랑 아라리요 아리랑 철 철 철 배 띄워라

나의 백성아 나의 세자야 나라가 없으면 살 수가 없다.

조선팔도 좋다는 나무는 경복궁 짓느라 다 들어간다

아라사 아차 하니 미국이 밀고 온다. 영국은 영 글렀다

일본이 일등 [16)]이다

우리 삼국은 형제같이 동종 동문에 친밀일세

 대한아 대한아 우리 대한아 눈뜨고 귀열어 내어를 보자

---

16) 일본을 칭찬하는 것이 아니라 일본을 가장(일등으로) 조심하라는 뜻이다

7. 결론

아리랑은 인류무형문화유산이며 국가무형문화재 제129호이다. 유네스코 심의기구와 한국의 전문기관이 그 역사성과 예술성, 그리고 학술성을 인정한 대한민국의 전통문화유산이다.

서울(한양)아리랑은 남다른 지역성과 근대성을 배경으로 하는 특별한 가치를 지닌다. 서울아리랑의 자즌아리랑은 우리나라 최초로 서양의 악보로 그려진 노래이면서 토속민요 아라리에서 통속민요 아리랑으로의 변이를 입증하는 아주 중요한 자료로 가치를 지니고 있다. 긴아리랑 역시 어디 내놓아도 손색이 없는 명곡이다. 그리고 다른 지역아리랑과 다르게 형성층위가 다양하고 세계로부터 아름다운노래라고 인정을 받은 주제가아리랑<본조아리랑>이 전승되고 있다. 그럼에도 서울(한양)아리랑은 어느 과목에도 지정이 되어있지 않아 전승단절의 위기를 맞고 있다.

남북분단의 현실에서 남북문화의 공통분모인 아리랑으로 민족의 동질성을 회복하고 새로운 가치를 발현시켜 세계로 확산시켜야 하는 고부가가치의 문화적 재원이다. 서울의 아리랑을 삶의 현장에서 향유하며 가치를 실현하고 계승하는 전승자와 전승공동체가 있다. 사단법인 서울아리랑이다.

서울아리랑보존회이사장 유명옥은 서울아리랑을 주제로 발표회를 하고 정기공연을 하며 축제나 경창대회 등을 열고 있다. 또한 아리랑음악치유라는 장르를 개발하여 아리랑음악을 수련곡이나 체조로 창조적 계승을 해 가고 있다. 이제 서울이 세종시로 옮겨간다는 말이 오간다.

세계의 노래, 서울(한양)아리랑이 한 시절을 스쳐가는 노래쯤으로 기록되지 않기 위해서는 **서울의 문화재로 지정이 되어 서울의 역사에 아름답게 그리고 멋지게 기록되고 간직되며 전승되기를 기원한다.**

2 0 2 1

HAPPY NEW YEAR

NOW WE'll MEET AN ANOTHER DAW**N**	지금 우리는 새 여명을 만난다
EVERYDAY WILL BE NOT JUST SAME	매일이 꼭 같지는 않을 것이나
WONDERFUL SUNNY EAST WINDO**W**	햇살 머금은 멋진 동창을 보며
YEAR BY YEAR WE EXPECT NEW DA**Y**	해마다 우린 새 날을 기다리고
EVERY THIS TIME WE PRAY THE SAME	매번 이맘때 같은 기도를 한다
ALWAYS WANT HEALTH AND UTOPI**A**	늘 건강과 유토피아를 빌지만
RED SUN MAY GIVE US THE ANSWE**R**	붉은 태양이 답을 줄 수도 있다

한국행시문학회 회장 / 010-6309-2050

도서출판 한행문학 대표

계간 한행문학 창간/발행인

경기대 대학원 석사과정 이수

5-7-5 주먹행시 창시자

저서 : 행시야 놀자 시리즈 1집 ~ 10집(2010-2020)

　　　 자서전적 행시집(2018)

공저 : 약 70권(한국삼행시동호회 동인지, 행시사랑 10인10색 外)

"Fall" - 가을

Finally shows your last moments
Always full of beautiful sight but
Leave like a smoke and then
Leave autumn also over there

단말마 같은
풍요로운 눈요기
연기처럼 떠나면
가을도 간다

六峰 정동희
<행시야 놀자 시리즈 소개>
* 1집 : 시사행시집/2010
* 2집 : 야한행시집/2011
* 3집 : 고운행시집/2012
* 4집 : 가나다라행시집/2013
* 5집 : 주먹행시집/2014
* 6집 : 천자행시집/2015
* 7집 : 영어행시집/2016
* 8집 : 시조행시집/2017
* 자서전적 행시집/2018
* 9집 : 퍼즐행시집/2019
* 10집 : 이름행시집/2020

"good" - 좋은, 착한

Generally we can't have everything
Often you angry but hold your anger
Only be comfortable up and down
Day by day we are blessed actually

전부 다는 못 가져
화 나도 참다 보면
위 아래 편해 지고
복 받는 삶이 되지

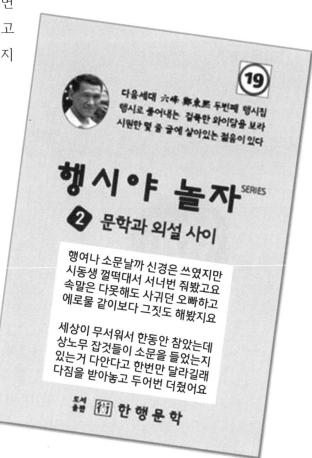

"today" - 오늘

Today is nice day just because
Of course with you on a makeup
During good to see you with me
All day I've mood up as I wished
You know feel fresh day by day

기분 좋은 날
분단장한 그대와
좋은 만남에
은근히 분위기 업
날로 새 기분

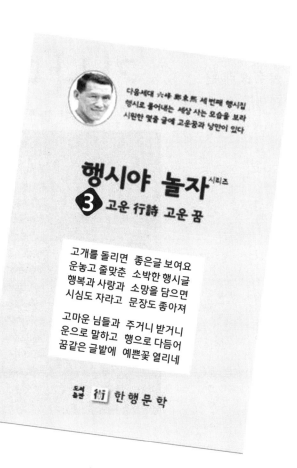

Arirang – 아리랑

Seoul's traditional song
Especial echo is different
Of course very old song
Usual our real folk song
Live romance flows it

서울의 노래
울림이 남다르다
아주 오래 된
리얼한 우리 민요
랑만 흐른다

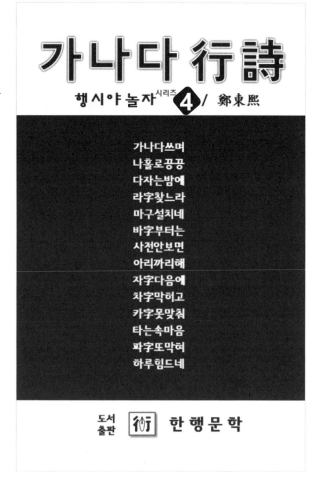

가나다 行詩

행시야 놀자 시리즈 ④ / 鄭東熙

가나다쓰며
나홀로꿍꿍
다자는밤에
라字찾느라
마구설치네
바字부터는
사전안보면
아리까리해
자字다음에
차字막히고
카字못맞춰
타는속마음
파字또막혀
하루힘드네

도서
출판 術 한행문학

"Jung, Dong-Hee"/六峰 정 동 희   2017.02.12

There are 30 years for military
Honorable full colonel rank as shiny
Right now I'm a line poems poet
Exactly I'm falling in 3 line poems
Especial way for pioneer

군대 삼십 년
번쩍이는 말똥 셋
이젠 행시인
세줄시에 푹 빠진
개척자의 길

논산군번	12390274
하사군번	89002837
장교군번	257835

"autumn" - 가을

가는가 그대	**A**re you going now
을러 맨 배낭 아래	**U**nder your back pack
일렁인 추풍	**T**he flurrying autumn breeze
기를 쓰지만	**U**sually try to cheer up
쓰다만 단풍 그림	**M**aple painting like a stop drawing
다시 그린다	**N**ow I draw it again

정동희 주먹행시집 / 행시야 놀자 시리즈 **5**

주먹만한 글

- 주먹행시집 -

주먹덩이 글
먹 밴 야무진 글로
시집 냅니다

(2014/11/06/六峰 정동희)

行 한 행 문 학

"autumn" - 가을

Always lucky adventure of sky
Usually is it our luck?
There is autumn with full loyalty
Unbelievable my life won by fortune
Maybe it is luck or own life
Nowadays already autumn

- 아, 가을인가요 - <가로세로형 퍼즐행시>

```
  ∨  ∨  ∨  ∨  ∨  ∨
> 하 늘 의 풍 운 아
> 늘 우 리 운 인 가
> 의 리 넘 친 가 을
> 풍 운 친 내 삶 인
> 운 인 가 삶 인 가
> 아 가 을 인 가 요
```

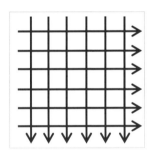

"genesis" - 창세기

God creates heaven and earth
Earth was formless and empty
Now that's the earth filled up energy
Especially God said "Let there be light"
Saw that the light was good next
It called light is day, darkness is night
So it's evening and morning, the 1 day

- 창세기 1장 -

태초에 하나님이 천지를 창조하시니라
초기에 땅은 형체가 없고 공허하며
에너지가 채워져서 지구가 되었느니라

하나님이 '빛이 있으라' 하시니 빛이 생겨났고
나중에 보시니 그 빛이 좋았더라
님께서 빛을 낮이라, 어둠을 밤이라 부르셨고
이에 저녁이 되고 아침이 되니 첫째 날이었다

"now it is" - 지금이 바로 그래

2020.10.16

Now autumn is deep
Of course dreary these days
Whatever have a deep romantic mood

In accelerating now but
There's in slow progress

In deadline is coming
Still almost not getting better

- 편집중 -

가을은 깊고
을씨년스럽지만
로망도 짙다

가속 더 해도
는적대는 진도에

마감 날짜 오는데
차도가 없다

"October" - 10월

Oh! the blazing sun

Crazy typhoon blows

There's even if knew before

On the monsoon for a long time

Be unstoppable floodwaters

Every day by the blameless Corona

Really I can't see you nowadays

- 추석 때 오지 마라 -

⇩ **니**글거리는 태양

애매한 태풍 불고

미리 알고 있어도

추적댄 장마비에

미처 못 막은 홍수

애꿎은 코로나로

⇧ **니**들 못 보고 산다

* 요새 인터넷에 이 말이 많이 나돌길래 행시로 만들어 봤습니다..
  젊은이들에게도 인기 폭발이더군요..
  니 애미 추미애니?(거꾸로 읽어도 '니 애미 추미애니?')

"good bye" - 안녕, 작별 인사

Goes by your foot trace
On now how long did you go?
Or if you want to see me
Did you hovering by me here?

Broken my life clock
You know I don't feel it yet
Every day hang around

그대 발걸음
대략 얼마쯤 갔나?

보고 싶어서
내 곁을 맴도는가?
고장 난 시계

나 아직 실감 못해
서성거린다

"she is her" - 그녀가 그녀   2020.09.22

So graceful woman
Honorable soft pinky shape
Even though you're hidden angel

In loving and receiving together
Strong feel with you at that time

However caused by a deep heart
Even as good sense autumn wind
Really miss you yet

우아한 그대
연분홍 고운 자태
히든 천사여

정 주고 받고 했던
든든한 그대였지

사무침 깊어
람실대는 추풍에
아직 그립다

5-7-5字 주먹 行詩를 곁들인
영어행시

단어 공부에 일조
영작 실력 도우미

Jung, Dong-Hee

짧은 문장 위주로
영어 회화 도우미

도서출판 한행문학
nglish

* 행시야 놀자 시리즈 제7집 *

"calendar" - 달력, 카렌다

Creative Han-Haeng publishing
Artistic calendar was come out
Literary nice works in there
Especially brilliant beautiful day
New mind with our members
Dreamlike calendar will be appear
All of that is original without borrow
Really it's the great attempt

한행문학에
행시 달력 나왔다
문학 작품이
학처럼 빛나는 날

새로운 마인드로

카렌다 탄생
렌트 아닌 창작품
다양한 시도

"objection" - 불복, 거부

2020.11.06

Only him who the president

Being an international topic

Just big country in the world

Election situation is a mess

Could be no results yet

The process is bad shape too

In a confused fight still now

Or I'm afraid of civil war

Now put yourself together

- 미국 대선 결과 혼전 중 -

미국 대통령
국제 토픽 감이다
대국이면서
선거는 개판이네

결과도 없고
과정도 엉망이고

혼전 중이다
전쟁 날까 겁난다
중심 잡아라

행시야 놀자 시리즈 #8
시조行詩
SI JO
HAENG-SI
By Jung, Dong-Hee

3 - 4 - 3 - 4
3 - 4 - 3 - 4
③ - 5 - 4 - 3

한국행시문학회
도서출판한행문학

"September" - 9월

She was back on her way

Even though I'm not in ny life

Perhaps she held me at that time

There was a fine day of maple

Especially take a view picture

Made a pretty something

Beside of love with own bodies

Everyday we've been love deeply

Really she has gone away quietly

가던 길 와서
을밋한 내 인생에
날 붙들었지

단풍 고운 날
풍경 사진도 찍고
이쁜 짓 했지

물고 빨 때는
들썩 들썩 했지만
고이 떠났지

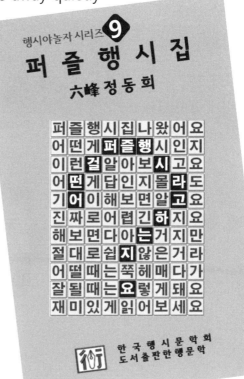

정동희 171

"Zacchaeus" - 삭개오(성경에 나오는 인물)

2020.11.28

Zipped memory I don't forget

Alive at the edge of the tongue

Certainly a true shout

Certainly so hotly

However exchanged tongues

Adorable lady and gentleman

Ecstatic scene of lovers

Usually after for a time

So it'll become withered

- 찰나 -

잊지 못한다
혀 끝에 살아 있는
진실된 외침

그토록 화끈하게

설왕 설래한
레이디와 젠틀맨
임이라 황홀

잠시 시간 흐르면
시들해 진다

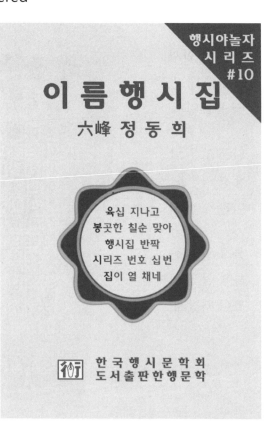

이름행시집
六峰 정동희

행시야놀자
시 리 즈
#10

육십 지나고
봉긋한 칠순 맞아
행시집 반짝
시리즈 번호 십번
집이 열 채네

한 국 행 시 문 학 회
도 서 출 판 한 행 문 학

"three seven" - 쓰리 세븐, 777

일찍 일어나 **T**oday get up early
이글을 쓴다 **H**owever I'm writing it
삼빡한 생각 **R**eally a fresh idea
사라져 가고 **E**very day by day disappear
오로지 지금 **E**ven only nowadays

육감만 갖고 **S**o just have a sixth sense
칠떡 대지만 **E**ven though go the ground
팔팔 살아서 **V**ery live and alive
구시렁 대며 **E**very months keep grumbling
십이월 맞네 **N**ow December has come

2010년 5월 31일 창간 2020년 12월 12일 발행 통권 44호 등록 관악바 00017호 도서출판 한행문학

韓行文學

계간 / 국내유일 行詩 문예지

"investment" - 투자

2020.11.16

It is dignified deal
No limit true investment value
Very central of new town
Eventually make it worth for downtown
So cool waterside park
The highest center of the center
May stand tall on heart part
Especially real symbol of power
Now it lead the commercial zone
The only worthy land actually

당당한 거래
진정한 투자 가지
신시가 중심
도심을 살찌우는
시원한 호수

중앙 중 중앙
심장부에 우뚝 선
권좌의 상징
상권을 주도하는
가치 있는 땅

"Times a while" - 잠시

There is own small routine
It's avoid serious illness well
Maybe it's been a long time
Even though time is passed
So it's not simple situations

Always corona rot in me anyway

Well disinfecting is better now
However attend major meeting
If you go out side and stay long
Let's wash hands more actually
Every time it's very important

소소한 일상
중병 잘도 피하고
한참 흘렀다
시간은 지났어도
간단치 않아

속 썩히는 코로나

소독 잘 하고
중요 모임만 가되
한 데 나가면
추가로 손 씻는 게
억수로 중요

Wear a mask when you go outside
마스크를 꼭 착용해 주세요!

실내에서 行詩 작성하실 때는 착용 안 해도 됩니다

정동희　175

"It was Friday" - 금요일이었어 2020.11.21

일절로 끝나니까	**I**t's finished in a verse 1 anyway
단촐해서 좋아요	**T**here is good to be simple
짤막한 석줄 글에	**W**rite short just three line
막말 쉰말 다 담고	**A**ll contained even difficult words
한바탕 펼쳐 봐요	**S**o let's open it up at will
행운의 금요일엔	**F**riday is lucky day to writers
시심이 넘쳐나서	**R**eally enough poetic sentiment
가도가도 끝없고	**I**t's endless even if you do more
좋은 글 많이 남겨	**D**ay by day leave many nice writing
아직 관 짜기 전에	**A**ctually before you leave here
요런 시집 내봐요	**Y**ou'd better publish a poetry book

Thank
Good line poem
It's
Friday

"Autumn Leaves" - 가을 단풍잎 2018.11.05

Already I'm in late sixties
Under the late fall in my life
Thinking about on the past
Usually I'd accelerated and
Make another exciting event
Now and then that was erotic

Leaves dyed to white colors
Emaciated my face nowadays
And lose weight of the body
Valuable living changed other
Every day by day to the poor
So scratched looks like now

내 나이 벌써
인생 만추를 맞아
생각해 보면

가속하면서
을밋함 잊은 그땐
에로틱했지

단물 빠지고
풍광 초췌해 지니
잎사귀 말라

붉은 기운도
을씨년스레 변해
까칠해 지네

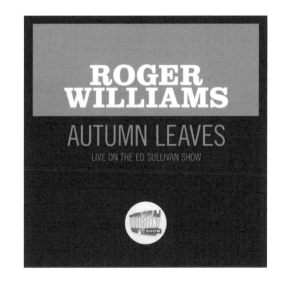

"October Forest" - 10월의 숲   2020.10.04

낙관적 삶에	**O**n my optimistic life
엽색은 짙어가고	**C**olorful leaves is darkened day by day
이따금 추풍	**T**he autumn wind blows at times
더러는 부대끼고	**O**ften troubled with others anyway
욱 하는 심정	**B**e while a heart of excitement
고이 접어 삼킨다	**E**ventually swallows in folds
운명이려니	**R**eally that also my destiny
나머지 남은	**F**inally I have a little left
의로운 흔적 위로	**O**ver the trace of righteous life
가을은 익고	**R**ed my autumn is ripe
을밋한 날도	**E**ven poorly my day
동그란 하늘 보며	**S**eeing at the round sky
화폭 채운다	**T**oday draw a picture on my canvas

"Don't forget poem" - 시를 잊지 말자   2019.06.14

가 봤어 거기?	**D**id you have been go there?
나는 여러 번 갔지	**O**f course I've been there many times
다들 오던데	**N**owadays lots of persons visit
라스트로 오려나?	**T**ake the last time?

마침 날씨도	**F**orecast says good weather
바람 적당한 때라	**O**r even wind conditions nice
사알짝 와 봐	**R**eally you come steal in

아직 일러도	**G**oing on little bit earlier but
자리잡은 꽃잎들	**E**nsemble leaves as prepared
차차 열리면	**T**imes pass more and more

카더라 통신 타고	**P**ropagated by word of mouth
타지에 퍼져	**O**ther people live in other area
파도처럼 올 거야	**E**very times visit cloud waves
하얀 봄날에	**M**aybe around white season

전국 행시백일장 입상작품 전시회
청명에서 하지 사이 / 4.5 ~ 6.22 / 관악산 공원 야외 전시장
2호선 서울대입구역 3번출구 - 버스 환승 - 서울대학교 정문 앞 하차

"English line poem" - 영어 행시　　　2020.09.23

영어로 쓴다
어학 전공 안 해도
로마에 와서

쓰고 읽고 배우며
는적거리니
행시 모양 갖추고
시심 솟는다

한행문학 이끌며
글 동지 모아
로망 담긴 글 쓰는
도도한 나날

멋진 문우 함께 한
진정한 우정
행시 문학 발전의
시금석 캔다

Everyday I'm writing in English
No major in language studies
Go to Roma in line poem cafe
Learn write and read like this
I spend many times in this way
So ready to line poem shaped
However it rise poetic mind

Lead Han-haeng literary society
I gathering the writing comrade
Now write with roman sentence
Everyday we meet proud of it

Perhaps together nice fellow writer
Of course it's true friendship
Everyday I'm developing line poem
Make try pick out real touchstone

빈치 형

어쩌다가 슬프게 목 빠지게 울어본다
그리고는 기쁨을 그 울음에 섞는다
선뜻 와준 오늘이 고맙고 또 고맙고
죽어도 또 올 내일이 더 설렌다
오! 빈치 형 세상은 아름다워 정말 아름다워
오! 빈치 형 빈치 형 사랑은 더 아름다워
통섭예술인 너 자신을 더 사랑하라며 영감을 전해준
레오나르도 다빈치를 내 어찌 잊겠소
울 아버지 70년도 시집에도 추억이 맴돈다
동해에 부치는 노래 속 그 푸르른 고성 바다
아슬아슬 기어오르던
아흔도 아홉 구비 겨울 대관령
오! 빈치 형 기쁘다 감성 많은 통섭예술인에게
오! 빈치 형 빈치 형 세월은 축복임을 알려주었다
모나리자 미소처럼 이 세상 여전히 좋아 빈치 형
최후의 만찬 너무나 아름다워 나의 다빈치
오! 빈치 형! 오! 빈치 형! 오! 빈치 형! 오! 나의 다빈치!

통섭예술인 / 통섭과 융합의 선도자
1956년생
휴대폰 010-3294-1956
블로그 https://blog.naver.com/art2016
페이스북 https://www.facebook.com/artpicasso
유튜브 art2016@naver.com

정수연   181

서강미술가회

입학 년도인 1976년 여름 방학이 되었다. 한산해진 교정을 보니 쏜 살 같이 지나간 한 학기의 시간이 두려움으로 느껴졌다. "이 대로 나머지 7학기를 보내면 나는 어떻게 될까?"라고 나 자신에 게 질문을 하였다. 낭만이 없이 그저 학점에 시달린 시간이었다고 생각했기 때문이다. 그리고, 며칠 후 나는 아현동 언덕을 지나가다가 우연히 중학교 동창을 만났다. 그는 아현동의 어느 연탄 가게의 다락방에서 미술 작업을 하는 홍익대학교 조소과 학생이었다. 나중에 내가 그의 화실을 Noir(Black)라고 프랑스어로 명명하였다. 1층이 연탄 집이라 까만 탄 가루가 벽에 많이 묻어 있었다. 나는 미술을 하고 싶어서 친구에게 미술 동아리를 만들자고 제안하였다. 그래서, 나는 나를 포함하여 4명의 서강대 학생을 모았고 그는 대전 출신의 조소과 학생을 합류시켰다. 그 3명의 서강대 친구가 바로 입학 전의 헤드스타트(Headstart) 영어 수업 동기였다. 생물학과의 박학순, 철학과의 이동수, 국문학과의 이규훈이다. 이 3명이 미술을 좋아하는지, 관심이 있는지 관계없이 합류를 시켰다. 왜냐 하면 누구나 고2 때까지 미술 수업을 받았기 때문이다. 나도 그랬다. 단, 나는 어렸을 때부터 그림을 잘 그렸다. 상도 타고 미술 대회에도 자주 나갔다. 그래서, 서강대+홍익대의 Noir 모임을 계기로 피카소가 되어야겠다고 결심을 하였다. 평생 취미로 미술을 선택한 것이다. 당시, 학교에는 강미반이 있었으나 나는 외부 미술 동아리 활동을 한 셈이다. 수업이 끝나면 화실에 가서 미술 하는 친구들과 그림을 그리고 대화하고 그림을 보러 다녔다. 시간이 흐르면서 대부분 군대도 가고, 유학도 가면서 모임은 사라지게 되었다. 그 멤버 중에서 3명이 프랑스로 유학을 갔었는데 그 중 한 명은 현재 홍대 회화과 교수를 하고 있다. 서강대 친구 중에서는 프랑스에서 오랫동안 프랑스어 교수를 역임한 박학순이 나처럼 문학, 미술, 음악에서 예술적 감성을 풍부하게 지니고 있었다. 나는 대학교 졸업 후에 LG상사(전 반도상사)에 입사하여 바쁜 나날을 보내게 되었고 평생 버킷 리스트인 피카소가 되고자 방안에 이젤을 펴 놓고 상시 짬짬이 작품을 만들었다. 소위 '고군분투'라는 단어가 어울리는 상황이었다. 그리고, 회화를 전공한 아내를 얻었다. 시간이 흘러 흘러 2007년 가을이 되었다. 나처럼 그림을 그리는 동문을 한 분 한 분 찾아서 <서강미술가회>를 창립하였다. 그 후 13년째 매년 2회씩 정기전을 열고 있으며 학교에 미술 작품 기증을 하고 있다. 기쁜 것은 서강대 동문들이 미술 감성으로 좀 더 풍부한 삶을 영위하게 된 일이다. 나는 지금도 <갤러리아 순수>화랑을 운영하며 아내와 미슬 활동을 열심히 하고 있다.

밤

밤
별빛이 동요턴가
달빛이 터지던가

긴
긴 밤
영혼의 숨결이 그윽하게 닿는 곳

그 곳은
나의 고향

숨차게 휘젓는
기적 소리가

별빛을
달빛을
어머니 가슴에 가득히 안겨줄 것 같아

나는
나는
이 밤을 지킨다.

*1980년 1월 14일 상무대 부대 안에서

망향수

향수에 바시시 소름이 돋는다

십 리나 먼 바닷가를
기적이 휘돌아 들고

아스라이 높은 태백산 어깨
백설 쪼이던 빨간 햇덩어리

어린 옛날이 다박솔 마냥
둘러 앉은 산기슭

밤이 내리면
처마마다 불을 켠 초라한 마을

살며시 돌아누워

등심 돋우며
쏟아지곤 하던 마슬 이야기

……농사 짓는 이야기
먼 시절의 이야기……

#동해에 부치는 노래(1970년 발행)
#정훈
#정도전

혁명의 아이콘, 삼봉 정도전의 후손이며
광복군 출신의 애국지사인 제 부친 남추 정훈의 시입니다.

늘 애국합시다!!

구례

아스라이
머언 태고부터
지구 한 모퉁이에 주저 앉아
긴
긴
세월 지켜온
지리산

풀어질세라
산 허리 둘둘 감은
새벽 흰 구름
햇살과 어울리면
자그마한
굴뚝에서는
아침이 피어 오른다

토닥
토닥
하루가 이어지고
자전거 행렬이 한 길을 메우면
울퉁
불퉁

자갈 위로
투명의 섬진강이 시간을 쫓는다.

어둑
어둑
하늘이 내려오고
풀 뜯던 황소가
집에 돌아오면
묵묵한
산
두 손을 모은다

-평화로운 이 땅에 영원한 번영 있게 하소서-

큰 강이 순해지고
잡어들이 밤잠을 청하면
곡마단 낡은 레코드 판
세상처럼
돌고
돌아
구슬픈 옛날을 숨쉬게 한다.

주먹만한 이 마을에
생명이 끊이지 않아
할애비
애비
손자
대대로
다듬어 온
땅

산처럼
강처럼
세월을 넘고 넘어
꽃 피우고
웃음 이으리

*1980년 7월 24일 구례 섬진강에서

세상살이

한세상 살고 가는 인생
미우나 고우나
자신을 사랑하며
김치라고 먹어보면 다 똑같은 김치는 없듯이
정의라고 말하면서도 다 똑같은 정의가 없는 것 같구나
희망을 갖고 정의 실천에 앞장 서다가도
정신을 차리고 보니 세월은 가고
수많은 세월 속에 나는 무엇을 했던가!
연민의 정을 갖고 이제사 세상을 보니
나는 작은 외톨이 같구나.
2020.10.31
*3사람이 이어서 만든 시입니다.

나

나는 누구인가?
테스 형에게 물어봐도 답이 없다.
그도 그를 모르니까.

2020.12.7
2020.10.31
*3사람이 이어서 만든 시입니다.

통섭시대

인문학, 과학, 예술이 어울려
큰 바다를 만드는 시대가
통섭시대다.

벽을 허물고
서로 소통하며
융합하고
새로운 것을 함께 만드는 시대다.

그래서, 이 책은 의미가 크다.

생각을 글로 표현한다는 것은 대단한 도전이다.

끊임 없는 도전!
이것이 오늘날 우리들의 정신이어야 한다.

진정한 남북통일을 위해서도 말이다.

말 말 말

예술에는 기술이 필요하다.
그러나, 위대한 예술은 기술을 넘는다.

밖에 나가지 않으면
안에서 놀게 된다.

이기는 것보다 더 중요한 것은
규칙을 지키는 일이다.

내가 잠자고 있을 때
일어나 있는 사람이 태양을 맞이한다.
2014.2.15

사람

좋은 사람
멋진 사람
많구나.

그래서,
이 세상은 살 맛 난다.
2020.7.25

새로운 시작

1월은 다이나믹하다.
수많은 시작이 있고 큰 변화가 있다.
작심 1월이 아닌 작심 1년을 기대한다.
작심 1년은 나 혼자의 힘이 아니라
모든 것이 잘 이루어질 때 가능한 일이다.
이제 새로운 시작을 한다.
2020.1.5

교육

교육의 힘은 무한하다.
사람을 바꾸기 때문이다.
그 중의 최고가 통섭형 인재교육이다.
2018.1.29

별난 세상에 살다

별난 세상에 살다
모든 사람은 간다.

별나게 살다가 가고
악하게 살다 가고
선하게 살다가도 간다.

이기적인 욕망이 생사람 잡고
가짜가 진짜로 칭송되는
별난 세상이다.

촛불이
가짜 태극기가
시끌버끌하였던
서울 광장에도

숙정문에도
광화문에도
현충원에도
비가 내린다.

별나게 내린다.

니들이 애국을 알아?
진실을 알아?

비가 묻는다.
땅에도 묻고.
2020.7.15

견월망지

달을 보려거든 달만 보고
손가락을 보려거든 손가락만 보아라.

달과 손가락은
언제나 같이 있지만

나의 중심은 한 곳에 있어야 한다.
그곳이 바로 달이다.

문제는
내가 달을 보고 있는 데
상대방은 내가 손가락을 보고 있다고
손가락질을 하는 경우다.

달과 손가락은 사람마다 모두 다른 것이다.

우리에게 진짜 달은 어디에 있는 것일까?
왜 손가락은 달을 감추는 것일까?
2020.7.20

나 하나 불꽃 되어

나 하나 불꽃 되어
세상이 밝아지겠느냐고
말하지 말아라

네가 불꽃 되고 나도 불꽃 되면
결국 세상이 온통
불바다가 되는 것 아니겠느냐

나 하나 불꽃 되어
세상이 환해지겠느냐고도
말하지 말아라

내가 불꽃 되고 너도 불꽃 되면
결국 온 세상이 환하게
밝아지는 것 아니겠느냐
2020.4.25

만약에

만약에 니가 길을 가다가
아주 불쌍한 거지를 만난다면
가진 것을 스스럼 없이 줄 수 있겠니?

만약에 니가 길을 가다가
아주 못 된 강도를 만난다면
온몸을 다해 물리칠 수 있겠니?

만약에 니가 길을 가다가
갑자기 죽어가는 사람을 만난다면
인공호흡을 해 줄 수 있겠니?

만약에 니가 길을 가다가
갑자기 니가 죽는 상황이 되었다면
마지막 말을 무엇이라고 할 수 있겠니?

이제는 정신차리고
항상 감사하며 기뻐하며
남을 위하여 살 수 있겠니?

착하게 살자!
2020.1.12

후회 인간

후회하는 인간들이 많다.
후회는 왜 하나?
후회할 시간에
제대로 살아라.
인생 길지 않다.
후회할 시간도 없다.
처음부터 착하게 살지 않았다면
후회할 생각도 하지 마라.
2020.1.3

유한 에너지

에너지가 고갈된
유한 에너지에,
먹을 게 하나도 없는 곳에
병 든 하이에나들이 넘친다.

Sunken cost라고 알랑가 몰라
기도한다고 비가 오는 게 아니다.
물이 없으면 다른 우물을 파야지.

삭막한 사막에 '오아시스'라고 그림 그려놓고
진짜 물이 생기기를 기도하는
어리석은 우주인들이 넘친다.

태초에 바보들이 있었으니
바로 모여서 기도만 하는 그들이다.
2019.12.27

전시회

나의 작품들은
남을 기다린다.

삶의 향기를 품고
통섭의 기운을 떨치며
새로운 남을 맞이한다.

예술은 소통이요,
대화다.

소통과 대화가 없는 세상은
정수연이 없는 미술 세상과 같다.

그래서, 나는 예술이다.

I do not do art.
I am art.
2019.10.10

제주도

바람 타고 지나가는 우도의 흰 구름
출렁이는 함덕 초록 바다를 사랑하며

한라산 푸른 솔은
백록담을 친구 삼아

태고 적부터 이어 내려오는
구슬픈 이야기를 나누네.

하르방
할망
아방
어멍
가시아방
가시어멍의
삼다도 이야기를.
2020.12.7

호스피스 병동

누구나 죽는다.

갑자기
천천히
앓다가
식물인간처럼 지내다가

누구나 죽는다.

착하게 살다가
더럽게 살다가
위인처럼 살다가
천하게 살다가

호스피스 병동에
오늘 들어오는 사람

호스피스 병동을
오늘 떠나는 사람

여러 인생이
마지막 여정을
호스피스 병동에서 보낸다.

나의 호스피스 병동은 어디인가?
2019.6.2

희망

있다가도
없다가도

희망이
이리 저리

바람처럼
구름처럼

그를 통해
나를 통해

생기고
사라지고

희망이
앞으로 뒤로

파도처럼
거품처럼

너를 통해
우릴 통해
2019.6.13

소통

소통의 시작은 모르는 사람으로부터다.
누가 말을 걸면 친절하게 대하라.
네가 만나지 못한 너무나 멋진 삶이 태풍처럼 다가올 수도 있다.
2019.6.2

도전의 이유

당신은
현재 어떤 삶을 살고 있으며
미래 어떤 삶을 꿈꾸시나요?
그리고, 그 꿈에 도전하고 있습니까?

반드시 도전해야 합니다.
그리고, 성취하여야 합니다.
원하든 아니든
당신의 인생은 매우 짧기 때문입니다.
2019.6.1

부자 마음 가난한 마음

마음대로다.
사람마다
이렇게 저렇게
생각하는 것이.

사람은 가진 만큼 쓴다.
천천히 또는 빠르게.
기분 좋게 또는 반대로.

현월신목.
현대는 월요일에 신세계는 목요일에.

개 눈에는 똥만 보이고
가진 게 망치뿐이면 모든 게 못으로 보인다고.

다단계 한다고 손가락질 하고
쑤근거리는 사람 중에 부자 보지 못했다.

돈 벌려고 뛰어 다니는 사람을 욕하지 말라.
니가 돈 없는 사람에게 돈 준 적이 있느냐?
연탄 함부로 차지 말라고 그 누가 일갈했잖아.

돈 없이는 큰 일을 못 한다.
돈 벌어라. 죽을 때까지.
그래야, 나눌 수 있잖아.

부자 마음은
돈 벌어서 남에게 주자는 마음이고
가난한 마음은
그냥 살다가 죽자는 마음이다.

너는 어디에 속하는가?
말로만 착한 척인가? 아닌가?

능력이 없으면 절대로 착할 수 없는 거다.
정신차려라.
2019.2.20

우연히 정든 사람

우스갯소리로 던진 농담 한 마디가
연둣빛 순정에 불꽃 되어 타오르고
히뜩이는 별빛에도 홍조 띤 그 얼굴

정다운 이야기로 온 밤을 새우면서
든든한 울타리로 자리매김 되었네

사나운 북풍한설 몰려 올 그런 날도
람세스 권세만큼 나를 지켜 주시니
아름다운 꿈길이 환상으로 펼치네

뿌리문학 수필 등단
한행문학 시인 등단
한행문학 등단 심사위원장 역임 / 행시백일장 심사위원장
제1회 전국행시백일장 특별공로상(2016)
계간 한행문학 창간 10주년 특별상(2020)

저서 : 우편함 속 새 둥지 / 수필집(2011)
　　　꽃신 속의 바다 / 행시집(2012)
　　　노을 빛 그리움 / 행시집(2013)

화촉동방의 구술시험<수필>

그 날은 이상하리만큼 고요한 아침, 여덟 살쯤으로 기억되는 겨울에 다섯 살 터울인 형의 뒤를 따라서 시집간 누나 집을 다녀오기로 정해진 날이었다. 귀에는 토끼털 귀 덮개를 쓰고 손에는 벙어리장갑을 꼈다. 한 사람도 걸어가는 모습을 볼 수 없는 소나무 숲과 논밭 길에서 조그만 개울을 건널 때부터 함박눈이 내리고 눈송이 떨어지는 소리가 들릴 만큼 두 사람의 발자국 소리 이외에는 아무 소리도 들리지 않는 고요한 시골길은 마치 동화 속의 먼 나라처럼 신비하고 조금은 두려운 길이었다.

한 나절 쯤 걸어서 주저앉고 싶은 고통을 억제하며 겨우 누나의 마을에 다다랐을 때에는 발등에 덮인 눈이 녹아내려 버선발을 적시고 얼어서 발바닥과 손은 모두 감각이 없어져 울퉁불퉁한 시골길의 높낮이를 가늠할 수가 없었다. 예기치 못한 시간에 눈 오는 대문 밖에서 들리는 동생들의 음성을 단번에 알아차린 누나는 버선발로 황급히 달려 나와서 우리 형제를 얼싸 안아다가 길쌈하면서 쓰던 화롯불을 인두로 헤집고 동생들의 언 손과 발을 주물러 녹여 주면서 반가움인지 서러움인지 알 수 없는 눈물로 오열하면서 숨죽여 울고 또 울고 있었다. 얼었던 손과 발이 화롯불 온기에 차츰 녹여지자 뼛속까지 가렵고 저리며 바늘로 찌르듯 아파서 나는 누나의 얼굴을 쳐다볼 겨를도 없이 신음하면서도 속마음에는 매일 싸우면서 지내던 동생들도 시집을 가면 이렇게 좋아지고 반가우면 그토록 우는 사람으로 변하는 것이 결혼이라고 생각하게 되었다.

통신 수단이 없던 그 시절, 출가한 딸의 안부가 궁금하던 어머니는 누나의 생일에 시루떡을 마련하여 형제를 보내신 거라고 먼 훗날에야 알게 되었다.

누나의 결혼식이 치러지던 날.
큰방에는 젊은 친척들이 신랑의 호된 신고식을 위하여 홍두깨 와 방망이를 들고 와서 재치문답의 시험을 치르며 으름장을 놓았고 수시로 나오는 술상에는 젓가락 장단을 두들기며 노래 판이 깊은 밤까지 열리는데 노래를 잘 부르지 못 한 죄(?)로 신랑은 얼마나 맞았는지 엉덩이가 부르터져 바로 앉지를 못했다. 하객들이 모두 떠난 뒤에 손가락에 침을 발라 안방의 창문에 구멍을 내고 신방의 동정을 엿보던 말(馬)만 한 처녀들이 혼주(婚主)의 불호령에 혼쭐이 나서 킬킬거리고 도망간 화촉동방에서 신랑이 근엄하게 처음으로 신부를 향하여 물어 본 한마디 말……
"여자의 삼종지도(三從之道)와 칠거지악(七去之惡)을 설명 해 보시요"
" --- ?"
신부는 그때, 재판관의 형량 선고보다 더 무서운 말이 이 세상에 있다는 것을 처음 경험하게 된 것이다. 무지에 대한 형벌이 독수공방으로 집행되는 실형(實刑)기간에 두 동생이 찾아왔으나 자신이 당한 고통을 하소연 할 수 없는 안타까움과 신혼 후에 처음 찾아온 심정적 우군(友軍)인 살붙이를 만나는 반가움으로 그토록 울었을 것이다. 새벽닭이 울면 질그릇 물동이로 마을 복판의 우물에서 생수를 길어다가 두세 개의 큰 항아리에 물을 채워두고

군불을 지펴서 가족의 세숫물을 데워 놓고는 아침을 준비하는 것으로 열여섯 살 신부의 일과가 시작되는 것이었다. 가족의 빨래와 길쌈도 누나의 몫이며 어느 겨울에는 지난밤의 강추위로 우물가에 온통 빙판이 되어 물동이를 이려다가 넘어져 온몸에 피멍이들고 물동이 사금파리가 팔목에 큰 상처를 내어 피투성이가 된 몰골이었지만 "칠칠 맞아 아까운 물동이만 깨는 철부지 새댁"으로 낙인 찍히는 것을 감추려고 팔목의 상처를 숨기고 살아온 고난의 시집살이를 당연한 것으로 여기고 살아 온 것이다.

한 구절의 구술시험으로 불합격 판정을 받은 신부에게는 구제받을 어떤 방법도 마련되지 못하는 절대적 봉건사회가 불과 60여년 전의 보편적 사회현실이었던 것이다. 혼수품이나 가문 등 무수한 의외의 조건들이 암초로 감춰진 결혼이라는 지뢰밭 길을 걸어가면서 그 길이 여자가 사람 되기 위하여 당연히 가야 할 시련의 과정으로 믿고 살아온 것이었다.
애끓는 사랑을 고백 해 보지도 못하고 저리고 쓰라린 가슴을 움켜쥐고 참고 기다려 온 5년의 세월. 임이 오시리라는 환상이 스치면 미리 발 밑에 떨어져 붉은 융단을 만들어 깔고 돌아서는 임에게 마지막 모습마저 아름답게 기억되기를 소원하여 추위를 이기고 송이송이 떨어져 나무에 있을 때 보다 땅에서 고혹적으로 아름답게 다시 핀다는 비련의 동백꽃 사랑이 어찌 누나 한 사람뿐이었을까?
누나에게 있어서 학문의 기회가 주어지지 못할 것을 미리 아셨던 신(神)은 지극한 인종(忍從)과 화평의 마음을 가슴에 채워 세상에 내보냈을 것으로 믿는 것은, 그 후로도 험한 세상을 살아오는 동안 시댁 식구를 단 한 번도 미워하거나 욕하는 말을 나는 들어본 기억이 없다.

세월이 흐르면 인정도 흐르는 건가, 5년여의 인고의 세월이 지나는 동안 이웃의 여론은 배심원이 되어 만장일치로 변호가 되었고 공방에서 풀려나 애정의 황금기를 맞고 일남 사녀의 가정이 탄생하게 되었을 것이었다.

양반 집 새 아씨 답지 않게 다부진 살림 솜씨와 봉건사회의 불합리한 전통을 아프게 느낀 자형은 전통적 가부장제도의 질서를 바꾸고 지난날 자신의 처신을 속죄라도 하듯이 아내에게 한마디의 욕설이나 불평을 말하지 않고 거들어주는 행복한 반려자로 변신하게 되었다. 애증의 한이 서린 외로운 초막집에 살며 50대 중반에 사별한 남편을 그리어 "가난했어도 당신 그늘에서 살던 때가 지금보다 더 행복했다."고 독백하고 찾아간 남편의 묘지에서 잡초를 하나씩 뽑던 손으로 눈물을 훔치던 얼굴에는 황토 흙빛이 석양에 젖어 수채화 물감처럼 번지고 있었다.

명절이나 좋은 날이면 어김없이 제일 먼저 남편의 묘소를 찾아 두 손 모으고 기도 하는 모습은 나에게는 천사의 방언으로 사랑의 메시지로 가슴 깊은 곳에 메아리쳐 오는 것이다.

미움도 동전의 양면처럼 또 다른 사랑의 얼굴임을 나는 처음으로 누나의 처지에서 배웠고 진정한 사랑이란 오랜 참음을 통해서만 얻을 수 있는 신비한 보물이라는 것도..

* 이 글은 사하문학 봄호에 산문부문 최우수 작품상을 받은 작품입니다.

부모

부서진 삶을 끌어안아 지치고 힘겨운 나날
모든 알맹이는 다 내어주고 껍데기만 남은 조가비.

거울

거짓으로 꾸민 얼굴 저 혼자 도취되어
울렁인 마음으로 백설공주 닮았다네.

고추잠자리 \<동시\>

수수깡 콩밭 위에 고추잠자리
억새꽃 은빛미녀 춤을 추는데
연분홍 립스틱에 망사 옷 날개

애꾸눈

애꿎은 그리움이 그 무슨 죄가 되어
꾸밈새 서툴러도 청춘은 꽃밭인데
눈물은 사랑의 호수 마를 날이 없네요.

산호섬

산자락 풀잎마다 하늘빛 맑은 이슬
호수의 속살처럼 결마다 고운 눈매
섬 처녀 설레는 가슴 꽃망울로 부푸네

연하장

연연해 속 태운 정 꽃 그림 그려 넣고
하늘빛 닮은 소망 키스로 봉함해 둔
장밋빛 꿈의 연서는 장롱 속에 잠자네.

배수지진(背水之陣)

배 지난 자리 흔적은 없어도 임은 떠나고
수평선에 별은 떨어져도 자취가 없는데
지나간 세월 뒤에 아쉬움은 남는가
진종일 그대 생각에 달 기우는 줄 몰랐네.

카사노바

카드 섹션처럼 화려한 변신
사랑을 위해서 천재적 지혜를 동원하고
노련한 성적 기술로 여성을 사로잡는
바람둥이, 희대(稀代)의 명인 카사노바여!

카오스 신비처럼 끝없는 모험심에
사랑에 목마른 여성을 얼마나 울렸을까
노코멘트(no comment)의 천재성이 향락의 노예로 전락하고
바른 삶 아예 접어두던 자유라는 이름의 방종

카리스마 넘치는 학자의 명성이
사련(邪戀)의 함정 속에 탕진한 인생 이력(履歷)
노골적 환락의 도구로 전락한 지성이여!
바람기 시드는 날 자유도 끝이었을까.

몽당연필

몽룡이 춘향보고 상사병 발작허니
당헐눔 없는권세 사또집 자제렸다
연서로 휘갈겨쓴 쪽지를 보냈넌디
필설로 당할소냐 당장에 거덜났지.

몽롱한 취중작태 이몽룡 행사보소
당장에 청사초롱 디밀고 덥쳤는디
연지에 곤지바른 춘향이 쉑시헌몸
필사로 얼싸안고 운우에 푹빠졌네.

몽정도 감당못할 청춘에 이별이라
당연히 사주단자 까맣게 잊어먹고
연모도 씰데엄시 수청을 강요받아
필사의 곤장매질 사또집 원귀될라

몽매에 잊지못할 이도령 거지형색
당연히 어사출도 연회장 들이닦쳐
연꽃잎 이슬같던 춘향이 큰칼벗고
필생의 일부종사 월매집 경사로세 ㅋㅋㅋㅋ

인칭대명사

인적 끊긴
사념(思念)의 광야에서

칭얼대며 부르고 싶은
이름 하나

대하소설 같은
옛 이야기들 아득히 지나가고

명경(明鏡) 같은 달빛
휑하니 바라다 보이는 황야에

사랑한다고 꼭 말해주고 싶은
오직 하나의 이름 그것은 "당신"~~

백치 아다다

백옥 같은 살결은 누굴 위한 치장일까
치욕도 참아내고 미움도 가로막아

아까운 여린 꿈이 향기로 꿈틀대도
다다른 곳 황무지라 가련한 여인 되어
다 헤진 가슴으로 바다에 던진 비운의 넋.

* 백치 아다다 - 문주란

초여름 산들바람 고운 볼에 스칠 때
검은 머리 금비녀에 다홍치마 어여뻐라
꽃 가마에 미소 짓는 말 못하는 아다다여
차라리 모를 것을 짧은 날의 그 행복
가슴에 못박고서 떠나버린 님 그리워
별 아래 울며 새는 검은 눈의 아다다여

얄궂은 운명아래 맑은 순정 보람없이
비둘기의 깨어진 꿈 풀잎 뽑아 입에 물고
보금자리 쫓겨가는 애처로운 아다다여
산 넘어 바다 건너 행복 찾아 어데 갔나
말하라 바닷물결 보았는가 갈매기 떼
간 곳이 어디메뇨 대답 없는 아다다여

하얀 눈이 오면<동시>

하얀눈이 나리던날 우리누나 시집가네
얀정없이 뿌리치고 신혼여행 떠나면서

눈시울을 붉히는데 우는건가 웃는건가
이세상에 오누이로 알콩달콩 살았는데

오늘따라 천사얼굴 얄미웁게 사라지고
면사포를 질질끌고 나비처럼 날아가요..

임자 없는 들국

임이라 부르기는 아직 부끄러운데
자괴심 들 때 마다 얼굴만 붉힙니다

없는 듯 수시로 떠오르는 임의 미소
는실난실 꿈속에만 꽃길을 거닐며

들국화 짙은 향기 영혼을 물들이고
국화꽃 필 녘이면 더욱 그립습니다.

당신은 접시꽃

당신이 머물다 간 그 어느 공간마다
신선한 향 내음이 고요히 배어있어
은근히 사로잡는 살가운 추억인데

접시꽃 화판 열고 꽃가루 묻어날 듯
시공간 채워 주는 느는 정 고마워서
꽃피고 새우는 날 날고파 설레이네.

대지진 쓰나미

대저 인생은 무엇이며 문화란 무엇인가
지난 세월 무수한 고난을 딛고 일궈낸 문명이
진취적인 공익보다는 아집과 탐욕에 병들지 않았는지

쓰레기로 밀려가는 삶의 핏자국을 지켜보며
나누지 못하고 움켜쥔 욕망의 부스러기들
미움을 버리고 사랑을 품으라는 신(神)의 회초리는 아닌지.

한 장 남은 달력

한(恨)도 미련도 이제는 내려놓자
장밋빛 꿈들도 빛 바랜 낙엽 되어
남루한 누더기로 나부끼고 있는데
은어(隱語)처럼 불러 보던 그 여인도 소식 없고

달아난 세월의 끝자락에 매달려
역류하는 회한의 파도에 가슴이 시려온다.

내 마음의 풍차

내리막길 끝자락의 여정(旅程)에 다다르면

마지막 한 가지 소원을 물으련다
음덕을 베풀지 못하고 움켜쥔 세월 자락에
의지했던 모든 것들이 곰삭은 밧줄 되어

풍진(風塵) 세상에 외로운 한 잎 낙엽 되는 날
차마 말 못한 한 마디 <그래도 당신을 사랑했노라>고

갈잎은 떨어지고

갈무리 하지 못한 회한에 찬 서리 내려오면
잎새에 적어보던 뜨거운 사랑의 흔적들
은행잎 떨어져 뒹구는 거리에

떨이처럼 덤으로 넘겨줄 사랑 이었나
어둠이 내려오는 산등성 바라보며
지난 날 기억들이 회전목마 되어
고슴도치 웅크린 사랑이 가슴에 찔려 온다

엄마, 그 이름 석자

엄마라 불러보던 더없이 좋은 이름
마음만 서러워서 꿈에도 그립니다.

그 깊던 속마음을 모르고 살던 세월

이제는 눈물로 씻을 수 없는 불효를
름름한 교훈으로 살갑게 다독이고

석류 알 가슴 열 듯 뜨겁게 사랑하신
자애로운 손길이 지금도 선합니다.

내 못다한 이야기

내민 손 뿌리치고 돌아 선 그 마음을

못 견딜 아픔일 줄 이전엔 몰랐었네
다 헤진 미련 한 줌 끝내는 얼싸안고
한 물 간 이제 와서 뉘우쳐 무얼 하리

이대로 지는 황혼 너무나 아쉬워서
야위는 추억들을 다시금 떠올리며
기억을 더듬으며 사진첩 넘깁니다.

부치지 못한 편지

부치려다 접어두고 뜯어서 고쳐 쓰고
치미는 격정(激情)을 가까스로 참아가며
지웠다 다시 쓰길 몇 번을 반복 했나

못 풀어 얽힌 사연 앞 뒷말 바꿔 봐도
한사코 울렁거려 진정이 되질 않아

편지 한 장 전하는 게 이토록 어려울 줄
지나고 돌아보니 지금도 아득해요

그대 눈부시던 사랑

그 젖은 눈가에 그리움 피어 오르면
대놓고 못했던 말 혼자서 뇌어본다

눈구름 흘러가는 그 어느 하늘 끝에
부스스 눈을 뜨는 연모에 애타던 정
시공간(視空間) 채워가는 무채색(無彩色) 수채화로
던져버린 환영이 또다시 되살아서

사랑의 꽃잎으로 개화를 서두르면
낭자(狼藉)한 혈흔(血痕) 같은 얼룩진 황혼일세.

등대지기<자유시>

비바람 드샌 날에만
눈을 부릅뜨고 일어서는 것은
모진 팔자로 태어났나 보다.

창자 뒤틀리는 현기증
물 한 방울도 모두 토해낸 배 멀미에
비로소
손 내미는 맑은 눈물

피를 뽑아서 불을 밝히는 등대에
성난 물결 잠들고
바람 그치는 날
구름은 갈매기들 불러 모아 하늘에 수묵화를 그린다.

하나님의 소리/최민숙 시인 프로필

해피트리오 / 국민행복여울문학 14호 사랑비
신인상 수상. 시인 등단(2020)
한행문학 동인(2020년 가입)

아시아신학대학원 졸업 7기
총회신학대학원 졸업
백석대학실천신학 5기

前 부평 성원교회/前 전주 쉼이있는교회
現 대한예수교장로회 천안 축복교회담임 목사

"하나님의 소리" 詩 낭송하면서 복음을 전하는 국내 순회 선교사
문화 선교사/詩 낭송가/시인
저서 : 찬양시집 '하나님의 소리' 1집, 2집(2020)

성령의 능력 내게 임하셨도다

성령의 능력 내게 임하셨도다

성령의 기름 성령의 바람

나에게 임하셨도다

주를 경배합니다 주를 송축합니다

성령이시여 내게 오소서

성령이시여 나를 다스리소서

성령은 나를 아신다

성령은 나를 위해 기도하신다

성령은 나를 위해 싸우신다

주님은 나를 인도하시네

주님은 나를 인도하시네

주님이 계신 그 곳으로 나를 데려 가시네

주님께서 이끌어 가시는 대로

내가 따라 가리니 그 마음이 편하다

내 마음은 기쁘다 내가 찬송하리라

나는 주를 경배하리라

주께로 달려 갑니다 주께로 나아 갑니다

나는 주를 사랑합니다

나는 주를 경배합니다

은혜로다 주의 큰 은혜로다

은혜로다 주의 큰 은혜로다

주님이 베풀어주신 그 은혜

한량없이 크도다 주님을 찬양하라

너희의 마음에 주님을 모셔라

주님이 너를 사랑하신다

주님이 너를 돌보아 주신다

주의 크신 은혜 가운데

주님의 성령이 충만 하리라

주 안에서 기뻐하라

주 안에서　기뻐하라

주 안에서　사랑하라

주님의 소리　나를 주장하시네

주님이　나를 주관하시네

주님을 따르리　주님을 기뻐하리

주님의 나라가 이 곳에 임하였노라

주님의 생명이 이곳에 임하였노라

주께 내 생명을 드리리

나의 뜻을 이루리라

이루리라 이루리라 나의 뜻을 이루리라

슬픔 가운데 있는 자에게 빛을 주고
절망 가운데 있는 자에게 희망을 주고
나의 살리는 영으로 영혼들을 구하리라

만민들아 모두 나와 나를 찬양할 지어라
아름다운 소리와 참으로 나를
영화롭게 할 지어다

내가 친히 이루리라

소란함을 피하고 나와 만나는
시간을 가지라
내 영의 비밀이 풀어지리라

내가 너와 함께 하여 너를 도우리라
사람이 능치 못할 일을 너와 함께 하리라

성전의 건축이 되리라 그리고 내가 채우리라
나만의 방법과 시간으로
내가 친히 이루리라

성령이여 이곳에 오시옵소서

성령이여 이곳에 오시옵소서
내 한 몸 주님께 드리오니

주께서 나를 받으사
나를 사용 하소서

내가 지금 연약하오나
주께서 어여삐 받으시오니
내 영혼이 춤을 추네

승리는 주님의 것

할렐루야 할렐루야 할렐루야
천사의 말로도 부족하네

할렐루야 할렐루야 할렐루야
영원히 높임을 받으실 주여
영원히 찬양을 받으시옵소서

할렐루야 할렐루야 할렐루야
승리는 주님의 것입니다

그리스도의 법을 이루라

서로 섬기라 이 안에 나의 비밀이 있도다

나를 따르는 자는 서로를 사랑하고
나를 기쁘게 하는 자는 자신을 죽이며
모든 것을 고르게 하여
아무도 부족함이 없게 함이라
그 안에서 하나 되어 그리스도의 법을 이루라

그리스도 안에서는 작은 자나 큰 자나
모두가 형제 자매라

내 눈에 귀하지 않은 자가
아무도 없도다

서로를 돌보아라

스승이라 자처하는 자는 더 많이 배울 것이라
다스리는 자는 더 많이 섬길 것이라

마음의 중심을 보는 나는
사람을 외모로 판단하지 않는다

권면과 기도로 연약한 자를 돕고
사람의 풍성함으로 세월을 아끼라

마지막 때가 얼마 남지 않았음이라
서로를 돌보아라

나의 길을 예비하라

성회로 모이라 함께 모여 기도하며
나의 날을 기다리라

소망 중에 깨어 있어 잠드는 자가 없게 하라
나의 길을 예비하라

울부짖는 사자와 같이
사망으로 끌고 가려는 자가 많도다

너희 영혼을 살피라
대적이 도둑 같이 빼앗아 가지 않게 하라

나 여호와의 말씀이 영원하여
영영히 내 뜻을 이룰 것이라

하나님의 사랑

크도다 그 비밀이여
복음에 나타난 하나님의 사랑

그 아들을 주신 사랑은
넓고도 깊어서 사람이 다 헤아릴 수가 없도다

그 안에 있는 신비와 능력을
다 알 자가 누구인가

주 안에서 기뻐하라

찬송하라 그 이름을
높이 찬양할 지어다

작은 새가 노래하고 공중을 날듯이
우리 작은 인생들도 주를 노래하며
주 안에서 기뻐하라

최민숙 시인 詩 2집(찬양시)

하나님의 소리

한행문학

내게 소망을 두라

내게 소망을 두라 사라지지 않을 나에게
소망을 두라

사람이 사는 인생은 짧으나
나의 집은 영원한 처소라
이 땅의 부귀 영화는 헛되다

나를 소망하는 자의
마음은 천국이라
썩지 않는 보화가 있도다

예수 찬양 CD <16곡 수록>

JESUS PRAISE

최민숙 작사 앨범
vol. 1

01.나는 주님의 어린 양(주 찬)
02.주님은 나의 노래(이샤론)
03.주의 이름 높이세(주산성)
04.여호와 닛시(이호석)
05.슬람의 여인(정신영)
06.나를 사랑하신 주(주 찬)
07.주님은 나의 생명(이샤론)
08.나 주님의 기쁨 되네(주산성)
09.주여 어찌 그리 아름다운지요(이호석)
10.주가 나를 도우시네(정신영)
11.향기로운 찬양을 드리자(이샤론)
12.성령의 불꽃(주 찬)
13.다시 오실 예수 그리스도(주산성)
14.나는 주의 아름다운 신부(정신영)
15.내가 주께 피하나이다(이호석)
16.할렐루야 주를 찬양(이샤론)

제작 : 우체국 최민숙 200212-02-481477
H.P : 010-2772-5377

KSR

CHOI MIN SOOK writer album

GASPEL SINGER

최민숙 작사 앨범
VOL. 1

주 찬   이샤론   이호석   주산성   정신영

STAFF

Writer/최민숙   Composition/김호식, 이희균, 이호식, 서정용
Arrangement/이호석   Producer - Director/채수련
Singer/이샤론, 정신영, 이호석, 주찬, 주산성   Design/채수련
Record/김성호(Media harp)   Mixing/구기성(GM music)

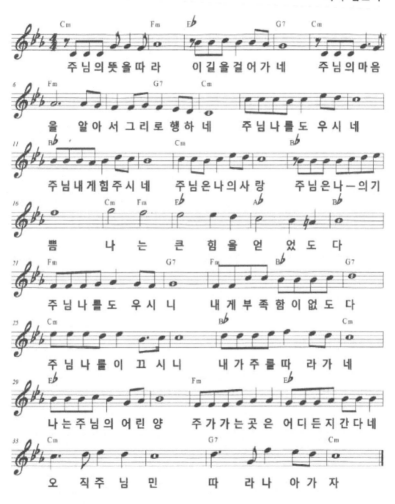

<02> 주님은 나의 노래

<03> 주의 이름을 높이세

<05> 슬람미 여인

<06> 나를 사랑하신 주

<07> 주님은 나의 생명

<08> 나 주님의 기쁨 되네

<09> 주여 어찌 그리 아름다운지요

한행문학 공동문집

통섭시대

2021년 1월 31일 발행

공동 저자 김기수   김민영   김정민   방진명   유명옥
          정동희   정수연   최기상   최민숙

발   행 도서출판 한행문학
발 행 인 정 동 희
등   록 관악바 00017 (2010.5.25)
주   소 서울시 중구 을지로 18길 12
전   화 02-730-7673 / 010-6309-2050
홈 페 이 지 www.hangsee.com
카   페 http://cafe.daum.net/3LinePoem
이 메 일 daumsaedai@hanmail.net

정   가 10,000원
I S B N   978-89-97952-38-0 (03810)
C I P   2020054596

공급처 ㅣ 가나북스 www.gnbooks.co.kr
전   화 ㅣ 031-959-8833(代)
팩   스 ㅣ 031-959-8834